• HOJAS DE HIERBA •

EDITORIAL

• KNICKERBOCKER •

SAM SHEPARD

EL CÓMPUTO DE LOS DÍAS

Traducción de JAVIER CALVO

2024

·HOJAS DE HIERBA·
EDITORIAL

HOJAS DE HIERBA EDITORIAL
C/ Virgen de la Estrella, 23, 2.º B, 41011, Sevilla, España
www.hojasdehierba.com
info@hojasdehierba.com

Day out of Days fue publicado originalmente por
Alfred A. Knopf en 2010

This edition published by arrangement with
Alfred A. Knopf, an imprint of Knopf Doubleday Group,
a division of Penguin Random House LLC.

2.ª edición: septiembre 2024

ISBN: 978-84-128222-6-7
Depósito legal: SE 1442-2024
Impreso en España - Printed in Spain
Colección Knickerbocker

Ilustración de cubierta y maquetación: Óscar Sanmartín Vargas

A toda mi familia

Y a quienes se fueron hace mucho

Esa ha sido mi equivocación [...], querer una historia para mí,
cuando con la vida basta.

Beckett

Cocina

Mi mejor trabajo lo he hecho siempre en la cocina. No sé por qué. ¿Quizás porque es como cocinar ideas? Puede ser. Ahora tengo una cocina para mí solo en plena campiña, con una mesa redonda y enorme en el centro. Pero me encuentro rodeado. No estoy seguro de quién puso todo esto aquí. Quien fuera que creó esta miscelánea en mis paredes de ladrillo blancas, como si estuviera contando una historia, obró con cierto sentido; un mundo entero hecho de fragmentos y pedazos flotantes. Un dibujo a lápiz de Seattle Slew, mucho después de retirarse: la panza inflada de tanto pastar y una mirada perdida de ojos vidriosos, como si estuviera contemplando sus días de gloria de la Triple Corona. Y, encajadas entre el cristal y el marco negro y plano, instantáneas de hijos distintos con camisas distintas haciendo cosas distintas, como pescar o ir montados en mulas y tractores; apoyados en sus madres distintas en ángulos oblicuos. Postales de guerreros Lakota del Siglo XIX, como por ejemplo Hiel, hijo adoptivo de Toro Sentado, buscado por la ley; dado por muerto únicamente para regresar y buscar su venganza perfecta en la Batalla de Little Bighorn. Henry Miller con bastón, boina negra y sentado en una tapia de piedra, gesticulando a cámara, haciendo declaraciones moralizantes y predicando que debemos entregarnos sin reservas ni vergüenza al presente, ya que a fin de cuentas a todos nos aguarda el mismo destino aciago; el mismo barco que se hunde. Esclavos en tono sepia, cosechando semillas de pasto azul y silbando «Dixie». Encajadas entre las baldosas y los ladrillos, más fotos de halcones y caballos al galope, cerca de donde solíamos ahuyentar a los escuálidos coyotes hasta los matorrales de mezquite y ocotillo. Luego la cara triste y con gafas de Beckett, mirando a la nada sin asomo alguno de autocompasión, resignado, con las manos juntas entre las rodillas. Y debajo, escrito con caligrafía negra y pulcra: «No hay partido de vuelta entre un hombre y sus estrellas».

¿Quién amontonó estas cosas aquí sin consideración aparente por el orden asociativo, las formas o los colores? Sin preocuparse para nada de dónde iba a terminar todo. Estampas sujetas con chinchetas al azar en los armarios y los marcos de las puertas; acumulando manchas de grasa de la cocina y mierda de mosca. El Santuario de Chimayó, por ejemplo, embadurnado de nieve navideña, ¿qué está haciendo al lado de una tarjeta de visita de mi herrador de caballos, con su logo consistente en un yunque y un martillo? Luego, subiendo por la pared, está la pequeña bahía de Lubec, Maine, donde yace enterrada desde tiempos inmemoriales otra sarta de antepasados contrabandistas de ron, seguida de piedras mágicas de Bernalillo, Wounded Knee, palos pintados, despojos de un atrapasueños, antílope, perro de las praderas, viejos galgos moteados saliendo de los boxes; espuelas oxidadas colgando detrás de la puerta de nogal negro. ¿Para qué está todo esto aquí? ¿Para quién es esta exposición? ¿Para mí? ¿Por qué? ¿Quizás para algún invitado? Pero si no tengo ninguno. Ya lo sabéis. No sirvo para ser anfitrión. Nunca he servido. Quizás para el viejo de Sonora que me trae la leña de roble, pero invitados de verdad no tengo. Todo el mundo sabe que no ha de acercarse por aquí. Sobre todo ahora que está frente a la casa el pitbull atigrado. El burro chillón que manda rodando los cubos colina abajo. El gallo de pelea en modo de ataque. Vivo en este búnker completamente solo, rodeado de cosas misteriosas. Puede que haya llegado el momento de tomarme un respiro y volver a los bosques negros y húmedos donde sé que está el Abuelo Sicómoro hueco esperando a que te metas dentro y le insufles tu aliento en el interior de sus brazos doloridos de color hueso.

Haskell, Arkansas

(Autopista 70)

DOMINGO, MEDIODÍA. No hay muchos coches. Un hombre ha salido a pasear. Se encuentra con una cabeza en una zanja del arcén; pasa de largo, pensando que no ha visto lo que acaba de ver; pensando que no es posible. Se detiene. Se le empieza a acelerar un poco el pulso. La respiración se le vuelve entrecortada. Por fin se echa a temblar, aunque nunca ha entendido por qué, en los momentos de pánico como este, su cuerpo toma el control; por qué su cuerpo se niega a escuchar a su cabeza. Da media vuelta y regresa. Se detiene otra vez y mira el interior de la zanja. Ahí está. Real como la vida misma. Delante de sus narices. Una cabeza cortada en una cesta de mimbre. Coge un palo y la toca, como ha hecho en el pasado con algún cadáver de perro o de ciervo. La piel inflada y azul y los ojos cerrados con fuerza, fruncidos, como si se hubieran quedado paralizados en el momento de la amputación. La cabeza tiene un bigote estilo Pancho Villa y un par de dientes de conejo que asoman un poco. No hay sangre ni vísceras. No hay arterias colgando ni restos violáceos. Una cabeza limpiamente decapitada en el fondo de una cesta, con el cuello abreviado cuidadosamente envuelto en algo que parece arpillera. Junto a las orejas le cuelgan unos bucles negros de pelo apelmazado. El cuerpo no se ve por ninguna parte. Eso produce alivio al hombre. De hecho, confía en no tropezarse con él de la misma forma en que ha tropezado con la cabeza. Quizás sería más de lo que podría aguantar en estos momentos.

De pronto, la cabeza empieza a hablarle con voz suave y cadenciosa. No ha abierto los ojos ni tampoco está moviendo los labios. La voz parece salirle flotando de la coronilla. Es una voz humilde y queda, en la que el hombre no puede discernir ningún acento. Quizás de las islas. La cabeza le pregunta al hombre si tendría la amabilidad de recoger la cesta y llevarla a otro sitio más agradable. A un sitio tranquilo cerca de aquí, lejos del sol abrasador y del bramido del tráfico. La cabeza dice que le cuesta pensar con claridad en esta triste zanja. El hombre sucumbe al pánico y echa a correr. Corre tan deprisa y tan a la desesperada que enseguida se queda sin energía y se desploma de bruces en el suelo. No se ha caído tan de bruces desde que era niño y se escapaba de su padre para salvar el pellejo. Mordiendo el polvo, el hombre oye que la cabeza lo llama con la voz más desolada y melancólica que ha oído nunca. Hace que le duela el corazón entero. El hombre se levanta del suelo, escupiendo granos de arena. Se gira y regresa con la cabeza. No se puede refrenar. El corazón le va a cien. Le dice a la cabeza que no quiere involucrarse; que este encuentro entre los dos ha sido un simple accidente, y que solo quiere seguir con su camino, como si el episodio no hubiera sucedido. La cabeza le suplica, y su voz está tan llena de anhelo que el hombre no consigue mover ni un músculo. La cabeza le dice que lleva días llamando a los coches que pasan, pero que nadie la oye, nadie se detiene. El hombre es el primero que se ha parado. Esto hace que el hombre se sienta importante; casi como si fuera una especie de héroe. Le gusta esa idea, y el corazón se le empieza a relajar y le vuelve a la normalidad. Le pregunta a la cabeza, en tono muy vacilante, adónde le gustaría que la llevara, y la cabeza contesta:

—A un lago que queda cerca de aquí. No se tarda mucho. Me puedes tirar simplemente al agua y seguir tu camino. —El hombre lo piensa un momento y por fin acepta llevarse la cabeza con una sola condición, que es que la cabeza ya no le hable más, si no es para darle instrucciones simples y claras para llegar al lago, y, por encima de todo, que no vuelva a soltar ese plañido melancólico. La cabeza lo acepta todo con ansia y guarda silencio de inmediato.

En cuanto se agacha para recoger la cesta, el hombre se da cuenta de que pesa mucho más de lo que se había imaginado. Debe de pesar más de veinte kilos. Puro peso muerto. La cabeza se echa a reír, pero se detiene de golpe; no quiere que el hombre se enfade; no quiere que piense que se está burlando de él. El hombre carga con la cesta a la altura de la cintura y la lleva unos metros apoyada en la cadera, igual que una madre llevaría a un niño pequeño; por fin la deja en el suelo, jadeando y respirando con dificultad. La cabeza se ríe a pesar de sí misma y, tal como había previsto, el hombre se enfada.

—¿De qué te ríes? —exige saber el hombre, pero la cabeza no quiere contestar. El hombre se aleja con furia, sospechando que todo es una tomadura de pelo. La cabeza lo vuelve a llamar con la voz más conmovedora y plañidera que el hombre ha oído nunca. La voz lo frena en seco.

»¡Me prometiste que no volverías a hacer ese ruido horrible! —grita el hombre.

—Lo siento —dice la cabeza—, pero es la única forma de que me hagas caso. —El hombre regresa a regañadientes y se detiene frente a ella. Ya tiene la sensación de no poder separarse de esa cabeza. Se la queda mirando. La cabeza vuelve a guardar silencio. Sigue teniendo los ojos cerrados y fruncidos con fuerza. No parece que haya ninguna vida en ella. Pero el hombre sabe que sí la hay.

—¿Cómo has acabado separada de tu cuerpo? —pregunta el hombre a bocajarro. Es la pregunta que lo ha estado rondando.

—Me decapitaron —dice la cabeza.

—¿Cómo? —pregunta el hombre.

—Con un sable plateado y reluciente —dice la cabeza.

—¿Pero quién empuñaba el sable? ¿Quién te dio el tajo en el cuello?

—No lo vi venir —dice la cabeza.

—Pero debiste saber que venía —dice el hombre.

—Sí, pero no me sirvió de nada.

—¿El qué? —dice el hombre.

—Saberlo. Saberlo no me sirvió de nada.

—¿O sea que no tienes ni idea de quién pudo ser? —pregunta el hombre.

—Tengo muchas ideas, pero ya da igual.

—¿No quieres venganza? —pregunta el hombre. La cabeza se echa a reír y no puede parar—. ¡No te rías de mí! —grita el hombre. La cabeza se detiene—. No lo soporto —dice el hombre—. Se han reído de mí toda mi vida.

—Lo siento —dice la cabeza.

—No puedo cargar contigo, eso está claro. Pesas demasiado —dice el hombre, y la cabeza se echa a llorar. Le caen lágrimas de los ojos cerrados.

»No hagas eso —dice el hombre—. No lo soporto.

—Eres mi única oportunidad —dice la cabeza, intentando controlarse.

—Pesas más de lo que me esperaba —insiste el hombre.

—Intenta apoyarte la cesta en el hombro. Es mucho más fácil.

—No puedo —dice el hombre.

—¿No puedes o no quieres? —pregunta la cabeza.

—No puedo.

—Pues tienes que hacerlo —dice la cabeza.

—¿Por qué? ¡Pero si ni siquiera te conozco! No te puedes poner a darme órdenes. ¡Te estoy haciendo un favor!

—Te lo debes a ti mismo —dice la cabeza.

—¿Cómo? —exclama el hombre, dándole la espalda del todo a la cabeza—. Estoy dando un paseo por la Autopista 70, sin molestar a nadie, como hago todos los sábados a primera hora de la tarde, cuando me tropiezo con una cabeza en una cesta, ¡y ahora vas y me dices que me lo debo a mí mismo! ¡Pero si ni siquiera me conoces!

—Razón de más —dice la cabeza.

—¿Razón de más para qué? —grita el hombre.

—Razón de más para que asumas la tarea.

—No te sigo —dice el hombre.

—Me debes la vida —dice la cabeza, y el hombre se queda petrificado.

—¿Cómo? —dice el hombre.

—Ya me has oído —dice la cabeza—. Si te marchas y me abandonas, pagarás el precio. —Y ahora la voz de la cabeza ha bajado varias octavas y ha adoptado una gravedad que causa un impacto verdadero en el sistema nervioso central del hombre. Le da la sensación de que la autopista le tiembla bajo los pies. Se le acelera la respiración y se le seca la boca.

—¿Eso qué se supone que significa? —pregunta el hombre, con la voz temblándole como una hierba al viento.

—Dame la espalda y lo averiguarás —dice la cabeza.

El hombre se queda allí plantado, mirando la autopista casi vacía en ambas direcciones. Le parece que le están a punto de fallar las rodillas. Oye sonar a lo lejos, en el pueblo, las campanas de la iglesia episcopal; están tocando «Onward, Christian Soldiers». Conoce bien la melodía. Se acuerda de que hizo de monaguillo en esa misma iglesia. Pasa zumbando un Camaro de color verde lima. Unos adolescentes rapados con serpientes tatuadas en torno a la boca le gritan insultos desde las ventanillas. Una botella de Coors Light le pasa zumbando junto al pómulo. Ahora el hombre empieza a sentir que es *él* y no la cabeza el que ha sido abandonado. Le da la sensación de que podría soltar ese mismo gemido lastimero y terrible que estaba emitiendo la cabeza, pero no le sale nada. Ni un ruido, solo un gruñido aterrado como de animal perdido. El hombre se pregunta cómo puede verse de repente tan separado de su vida anterior, de su antiguo yo. Y luego le nace un terror todavía más profundo a no acordarse de su vida anterior. ¿Quién era cuando salió por la puerta a primera hora de la mañana, después del café, para dar este paseo dominical?

—¡Muy bien! —dice el hombre de golpe, como para sacarse a sí mismo de esa duda terrible—. Lo voy a intentar, voy a intentar cargar contigo, solo un rato —y se vuelve a llevar la cesta a la cintura, para después, con un gruñido tremendo, izársela hasta el hombro y tambalearse precariamente como un levantador de pesos olímpico. La cabeza imita el ruido de una multitud enorme bramando sus vítores. Es un sonido completamente realista. El hombre vuelve a tener la sensación de que la cabeza se está burlando de él, pero aun así procede, haciendo eses, bajo su peso. Con la cesta al hombro y en la dirección que ha indicado la cabeza.

—Lo estás haciendo muy bien —dice con sinceridad la cabeza—. Estoy orgulloso de ti.

—No me intentes dar coba —dice el hombre—. Ni siquiera me conoces.

—Te conozco mejor de lo que te conoces tú mismo —dice la cabeza.

—¿Quién eres? —pregunta el hombre en tono imperioso.

—Por eso no te preocupes. Tú sigue la carretera. —El hombre se bambolea pronunciadamente. El peso le infla los tendones del cuello. Los costados le suben y le bajan. No está acostumbrado a este nivel de esfuerzo físico. Se ha habituado a una existencia blanda y pasiva donde no sucede nada y nada cuenta; donde no hay día que destaque por encima de ningún otro; donde ya ha desaparecido toda la gente de su vida y sus metas principales son dormir la siesta, ver culebrones mexicanos con bellezas morenas llorosas en el reparto y disfrutar de las fantasías que le evocan. De pronto se desploma bajo un viaducto de hormigón y deja caer la cesta a su lado. La cabeza sale rodando y se detiene con el agujero negro enorme del cuello cortado hacia arriba. El hombre mira el interior del agujero, jadeante, y escucha la voz de la cabeza, que le habla con mucha calma:

—Solo necesitamos girar a la derecha aquí, después del puente, y luego seguir la zanja de riego. No queda muy lejos.

—No puedo —protesta el hombre—. ¡Ya no aguanto más! Te voy a dejar aquí. —La cabeza grita y se pone a llorar otra vez y el ruido hace que al hombre se le eche a temblar el cuerpo entero. Le da la sensación de que le ha caído encima un rayo.

—No hagas eso, por favor —dice el hombre—. Te lo suplico. No lo soporto. Ya te lo he dicho. El ruido de tus lloriqueos me recuerda a todo lo que quiero olvidar. A todo lo que he matado para poder seguir adelante.

—Pues entonces termina de llevarme al lago —dice la cabeza.

—No me veo físicamente capaz —dice el hombre—. No es que no quiera, es que... no puedo.

—Pues por lo menos dame la vuelta —dice la cabeza.

—¿Cómo?

—Ponme cabeza arriba.

—No pienso tocarte —dice el hombre.

—Dame un golpe con la rodilla.

—¿Cómo?

—Que me des un golpe con la rodilla. Así rodaré. —El hombre hace acopio de valor, le da un golpecito con la rodilla al cuello negro y la cabeza rueda hasta ponerse hacia arriba, como ella misma sugería—. Y ahora, méteme en la cesta, por favor.

—¡No pienso tocarte! —repite el hombre—. No paras de convencerme de que haga cosas contra mi voluntad.

—¿Tienes miedo de desaparecer si me tocas?

—¿Eso qué quiere decir? —pregunta el hombre.

—¿Crees que cruzarás la raya? ¿Que perderás el conocimiento y no podrás volver nunca a tu cuerpo?

—Eres tú quien no tiene cuerpo —dice el hombre.

—Exacto —dice la cabeza—. Ahora, agárrame del pelo y vuelve a meterme en la cesta, por favor.

—¡No! —grita el hombre—. ¡No te pienso agarrar del pelo! Sería como coger un puñado de serpientes. —La cabeza vuelve a soltar el lamento desgarrador, y, antes de que el hombre se dé cuenta de lo que está haciendo, ya ha agarrado a la cabeza del pelo y la ha tirado dentro de la cesta.

—No ha sido tan terrible, ¿verdad que no? —dice la cabeza—. Te lo agradezco de corazón.

—Eres como un niño mimado —dice el hombre, indignado.

—No soy como nada que hayas visto nunca —dice la cabeza.

—Bueno, eso no es para estar orgulloso —dice el hombre.

—Recógeme otra vez —dice la cabeza—. Y esta vez levántame hasta ponerme encima de tu cabeza y carga conmigo ahí arriba.

—¿Estás loco? —dice el hombre—. Soy completamente incapaz de levantarte hasta mi coronilla. Apenas te he podido llevar en la cintura.

—Sí que puedes —dice la cabeza—. Haz un esfuerzo tremendo. Haz un esfuerzo como ningún otro que hayas hecho en tu vida. Como si te fuera la vida en ello.

—No soy capaz —dice el hombre—. Esos tiempos se acabaron hace mucho.

—Levántate e inténtalo —dice la cabeza—. Sé un hombre.

—¿Me estás insultando deliberadamente? —pregunta el hombre.

—Te estoy ofreciendo una oportunidad para que lo seas.

—No tengo nada que demostrar —dice el hombre.

—Pues entonces vete y déjame en paz —dice la cabeza de repente.

—Es lo que llevo intentando hacer todo este tiempo —dice el hombre—. Desde que te conocí.

—Hazlo pues —dice la cabeza—. A ver si puedes. Vete sin más.

—Antes me has amenazado. Me has dicho que, si te daba la espalda, lo pagaría.

—No habrá repercusiones —dice la cabeza—. Créeme. Te puedes marchar.

Y ahora el hombre se siente más solo que nunca en su vida. Una soledad profunda y aplastante que lleva desde niño intentando evitar. La misma sensación que necesita quitarse de encima todas las mañanas cuando va dando tumbos hasta su cepillo de dientes y todas las noches cuando apaga la luz. Sin pensarlo, estira el brazo; agarra las asas de la cesta de mimbre y, haciendo un esfuerzo enorme, se levanta la cesta hasta el hombro y después, con un último gruñido, se las apaña para ponérsela encima de la cabeza. No tiene ni idea de cómo lo ha conseguido, pero de pronto se siente bien; como si acabara de salir el sol desde detrás de las nubes.

—Ahora vamos a parecer un hombre con dos cabezas que va dando tumbos por la carretera —le dice el hombre a la cabeza—. Una encima de la otra.

—Es que *somos* un hombre con dos cabezas —dice la cabeza en tono jovial desde su atalaya.

—No —dice el hombre—. Somos dos cosas distintas. No me perteneces. Te acabo de encontrar en el arcén de una carretera. No te olvides.

—Lo que tú quieras —dice la cabeza—. Sigue recto. Ya veo el lago desde aquí.

—¿Cómo es? —pregunta el hombre.

—Plano. Verde. Y está absolutamente en paz.

—¿Era eso lo que buscabas? —dice el hombre.

—Ya lo veremos cuando lleguemos —contesta la cabeza.

Parloteo

AHORA, DESDE QUE AMANECE hasta la puesta del sol, oigo en la cabeza un parloteo cantarín y casi constante. Jamás me lo habría imaginado cuando tenía cinco años y jugaba con palos en la tierra, pero supongo que se me ha ido acumulando lentamente durante estos sesenta y tantos años, haciéndose cada vez más intenso y difícil de pasar por alto. Me despierto con él. Doy de comer a los pollos con él. Conduzco tractores con él. Hago café con él. Frío huevos con él. Cabalgo con él. Me voy a la cama con él. Duermo con él. Es mi compañero constante.

A veces me dedico a mirar casualmente a la gente, a mirarla con sinceridad a los ojos, a la gente del pueblo, cuando voy a la tienda de comestibles Jot 'Em Down para comprar el *Racing Form*, comida para perros y leche con crema, y me pregunto si también ellos oirán un parloteo constante dentro de sus cabezas. Podemos estar hablando de cualquier cosa, de la caída de la potra gris aquella en el Derby de Kentucky o de la subida de precio del maíz, no importa, nunca me lo dejo de preguntar. No tengo ni idea de cómo va la cosa en los demás. En realidad, tampoco tengo ni idea de cómo va la cosa en mí, si lo pienso bien. Me dedico a dar palos de ciego.

A veces, sin embargo, oigo con claridad voces que no conozco de nada. Desconocidas. Voces que no he oído antes. Voces que surgen del agua que corre en el fregadero, del borboteo del café, del acto de mear en el arroyo, del beicon cuando se fríe o del gemido lejano de los camiones de la autopista. Simplemente aparecen, presentándose voluntarias, sin que nadie las invite. Me dedico a escucharlas a hurtadillas, como quien escucha junto a la puerta de otra habitación. A veces se alejan hasta un segundo plano y desaparecen. Otra cosa ocupa su lugar. Se materializa algún tono. Algún ritmo. Alguna melodía. A veces hay un silencio puro y mi corazón canta. Así sin más, puede suceder. Estás ahí plantado en un prado de pasto azul y todo se detiene de golpe. Un milagro. Luego todo empieza otra vez. A cuchichear.

Williams, Arizona

(Autopista 40 Oeste)

El actor se despierta. Son las 6:45 a. m. Horario Estándar de Montaña, según su Timex Indiglo. Está mirando la foto ampliada a color y descolorida del Gran Cañón que tiene colgada en un marco barato encima del televisor. La foto está deformada. La pared en la que cuelga es de adobe falso rosado. En realidad es de pladur embadurnado de un mejunje rosa que parece antiácido Pepto-Bismol cuajado. El folleto de «Cosas divertidas que hacer en Williams» que hay apoyado junto a la lámpara de la mesilla de noche, acompañado de una vista vertiginosa de helicóptero de la profunda cañada, le recuerda que acaba de pasar la noche en la «Puerta del Gran Cañón». Un sol gigantesco está empezando a abrasar a través de la única ventana. El Desierto de Mojave se asoma al interior. Yuca y candelaria. Por fin se acuerda. Está yendo a Los Ángeles para terminar de doblar unas escenas de una película que rodó el verano pasado. Una película que ya le trae sin cuidado y que ni siquiera recuerda por qué quiso hacer. ¿Es eso cierto? Debe de serlo, se dice a sí mismo. Sí, lo es. No me acuerdo del título. No tengo ni idea. Ni ganas. Saca las piernas muy pálidas de debajo de la manta con estampado navajo y se sienta un rato en el borde del colchón para mirar por la ventana. Se está intentando adaptar. Los ojos. La respiración. Ve un peñasco bajo y rojo a lo lejos que se está tiñendo lentamente de naranja resplandeciente. Ve pasar un cuervo volando lánguidamente. Se imagina la misma ruta que ha seguido siempre de este a oeste; atravesar Kansas City por la 35, llegar a Wichita, después a Tucumcari, coger la 40 Oeste, que discurre en paralelo a la legendaria y largo tiempo atrás abandonada Ruta 66, la carretera en la que creció él. La carretera que dio forma a su juventud. Se pone de pie despacio, confiando en que no le falle la rodilla mala. Se acuerda de la última noticia que vio por televisión antes de quedarse dormido. Simplemente le vuelve a la cabeza. Una reportera rubia muy atractiva de dentadura reluciente, emocionada por el hecho de que las Fuerzas Especiales se estaban acercando a Osama Bin Laden en las inmediaciones del Hindú Kush. Supuestos avistamientos de una figura extremadamente alta y vestida de mujer coronando el paso de montaña a lomos de un burro. Una imagen muy bíblica. Sospechosamente detallada. Estaban seguros de tenerlo acorralado. La CIA decía tener contactos fiables. Se habían infiltrado en las aldeas. Ahora se acerca a la tele, la enciende y se va al estrecho cuarto de baño para echarse agua en la cara. Su cara... ya no la soporta. Patética, envejecida. Una mortaja de autocompasión alrededor de los ojos y la frente. El nacimiento del pelo retrayéndose de forma dramática. Los dientes (que nunca fueron su mayor atractivo) se le han puesto grises, y el contorno de las encías en recesión les da cierta aura de colmillos de cera o de boca de minero de los Apalaches. También le apesta el aliento, lo cual es mala señal, piensa. (Siempre está buscando señales). Se pregunta si quizás será indicativo de algún trastorno intestinal profundo; algo relacionado con el hígado, o el intestino delgado, o quizás peor. ¿Qué puede ser? Se estremece solo de pensarlo. Una voz brusca detrás de su espalda lo sobresalta y lo hace girarse. Una voz quisquillosa de mujer. Cierra el grifo del agua para escuchar y se acuerda de que ha dejado encendido el televisor. Escucha mientras se cepilla los dientes, restregando el sarro con furia. Larry King está entrevistando a una mujer. ¿Qué tiene la voz de Larry King, piensa, que resulta tan irritante? Un tonillo nasal en clave de sol. King le está preguntando a alguna reportera ambiciosa si es cierto que se ha hecho un lifting porque una cadena de noticias rival le ha ofrecido un puesto mejor si mejoraba su aspecto. La reportera confiesa que ha aceptado la propuesta y que no se arrepiente para nada. Le gustan su cara y su carrera nuevas. Vuelve a abrir el grifo del agua. Escupe en el lavamanos, lo enjuaga y cierra el grifo. Pasa bramando un camión remolque por la Autopista 40, al otro lado de la ventana. El actor regresa al televisor; cambia de canales en busca de la noticia de Bin Laden, pero no encuentra nada más que programas de entrevistas matinales, culebrones, programas de cocina, programas evangelistas cristianos, programas con víctimas patéticas de sus propios errores de juicio, programas de lloros y gritos vergonzosos, programas de arrepentimiento, dibujos animados violentos, competiciones de la NASCAR, canales pornográficos, melodramas en español con mujeres mexicanas preciosas peleándose con otras mujeres y derramando lágrimas reales, programas de lucha libre gay, subastas para coleccionistas de cuchillos, programas de bisutería, programas de relatos bíblicos, programas de gordos, programas para hacer dieta, programas de peluquería canina, programas de caza mayor con búfalos africanos siendo abatidos en ranchos de Texas y desplomándose en el río Brazos, programas de motocross con caídas espectaculares, metal candente volando a cámara lenta, accidentes de *windsurfing*, coches chocando deliberadamente contra edificios y tapias de ladrillo e incendios por escapes de gas, pero no hay nada sobre una misteriosa figura alta vestida de mujer cruzando el Hindú Kush a lomos de un burro, el hombre más buscado sobre la faz de la tierra. Le entran ganas de abandonar para siempre el mundo del espectáculo.

Duarte

¿No vino una vez un circo de fenómenos a Duarte? Carromatos y pistas circulares. En la misma Autopista 66, donde empieza el acueducto. Me acuerdo del intenso olor a elefante. Cacahuetes con cáscara. El Hombre Petrificado. Gente gorda pinchándole con alfileres. Solo se le movían los ojos. El Ternero Bicéfalo. (Siempre fiable). La Mujer Enana Barbuda. El Feto en un Frasco. Humano. Suspendido. Flotando entre filamentos de mejunje amarillo. Todo me está volviendo a la memoria. En español.

¿No hubo una vez en que vino una consejera gitana a nuestra cocina de linóleo? ¿Era así como la llamábamos? No. Imposible. Pero mi padre creía en ella. Antes que en Dios. Antes que en la Virgen. Examinando folletos satinados del Desierto de Mojave. El Lago Salton. Parodias ridículas de campos de golf vistas a través de la neblina de gotas en suspensión de los aspersores Rain Bird. Se suponía que tenían que aparecer Jerry Lewis y Sinatra. Mi padre fumando Old Golds sin parar. Temblando por culpa del whisky. ¿En el margen de qué desierto?, preguntó él. Lo estaba confundiendo con el Desierto Pintado. Ella no lo sabía. O no lo quería decir. ¿A qué venía tanto misterio?, me pregunté. Solo eran tierras. Ella con su pañuelo de color rosa en la cabeza. Olor a azufre. Frotándose aceite de salvia en las muñecas huesudas, con todas sus pulseras de turquesa tintineando como dientes. Sí que vino, ya lo creo. Como fuera que la llamáramos. Mirando a través de una puerta abierta cómo recogía al burro al que había dejado con las patas atadas en el huerto, masticando aguacates podridos, abriendo con sus meados un hueco en las hojas secas.

¿No vino una vez también un pianista alto y gris? Y muy gentil. Llevaba un traje azul chillón y un corte de pelo que parecía un cepillo Fuller. Se dedicó a tocar «Camptown Ladies» toda la noche en que murió la tía abuela Gracie y un tiempo después se ahorcó en un garaje de Pasadena, al lado de su sedán Chrysler. Ahora me acuerdo. Contaba que Gracie había sido toda una *grande dame*; había salido con John Philip Sousa en sus tiempos; había seducido a un barón de la industria maderera con su Plato del Día y había capturado halcones los fines de semana en el Arroyo Seco. Todo me está volviendo a la cabeza. A pedacitos.

Una noche en tiempos remotos

¿PERO QUÉ PASÓ? ¿Me estás diciendo que toda esta historia de catástrofes es resultado de una noche de tiempos remotos?

Eso tengo entendido.

¿El padre llegó tarde a casa y rompió todas las ventanas de la casa con un martillo de carpintero? ¿Eso pasó?

Eso he oído decir.

¿Y arrancó la puerta de la casa de sus goznes y le pegó fuego al jardín?

Eso dice la historia.

¿Y el hijo se escabulló por una de las ventanas rotas, a resguardo del alba, con unos cuantos libros en una bolsa de papel?

Eso dicen.

¿Y después de pasar por encima de la figura inconsciente y ensangrentada de su padre se metió en un Chevy y se pasó el resto de su vida conduciendo?

Resumiendo, sí.

Lo normal sería que ese hijo ya lo hubiera superado, ¿no?

Sería lo normal.

Indianápolis

(Autopista 74)

VUELVO A ESTAR DANDO VUELTAS por el país, sin demasiada explicación. A veces se me mete un sitio en la cabeza y parto hacia allí. Esta vez he pasado por Normal, Illinois, procedente de la blanca Minnesota en pleno invierno, con las carreteras heladas y el viento azotando de costado los campos de maíz vacíos. Y termino parando para pernoctar en las afueras de Indianápolis, en la salida de la 78, justo antes de llegar a la enorme intersección con la 65 Sur rumbo a Louisville. Elijo al azar un motel de la cadena Holiday Inn, más por su familiar logo verde y por lo predecible que resulta que por otra razón. Además, estoy hecho polvo. Está claro que hay alguna clase de convención de coches deportivos en la ciudad, aunque creo recordar que esas convenciones suelen celebrarse en mitad del verano, cuando se puede ir por ahí en cupés descapotables con la capota bajada. En cualquier caso, no hay habitaciones disponibles, salvo quizás una, que es «de fumador», que es algo que no me molesta. La recepcionista me dice que sabrá dentro de unos diez minutos si va a haber una cancelación. Me invita a esperar, de manera que espero, porque no quiero pasar otras noventa y pico millas de camino a Kentucky con la amenaza de mal tiempo.

Me desplomo en uno de los sofás abombados del lobby, delante de dos televisores de plasma ubicados en esquinas enfrentadas, los dos sintonizados con el mismo canal de «telerrealidad», que está emitiendo reposiciones de imágenes de atracos a tiendas de barrio: adolescentes con sudaderas encapuchados, aguantándose los vaqueros anchos con una mano mientras con la otra vacían cargadores de nueve milímetros sobre víctimas que gritan que no tienen acceso a la caja fuerte. Le pregunto a la recepcionista si por favor podría apagar el televisor o cambiar de canal, pero me dice que ella no tiene el control de nada de eso. Los televisores funcionan con una especie de sistema informático predeterminado, igual que los aspersores de Los Ángeles o que las luces de seguridad de los garajes de todas partes. Le pregunto si por lo menos puede quitarle el sonido para no tener que escuchar los gemidos de agonía de las víctimas o la locura furibunda de los atracadores, pero me dice que eso tampoco lo controla ella. Cojo una revista de viajes de la mesilla de cristal y la hojeo, deteniéndome en cada foto que veo de alguna mujer con bikini tumbada en la playa con un cóctel en vaso alto con hielo en la mano y mirando a cámara con expresión petulante. Los gritos, los gruñidos y los disparos de los televisores no paran de repetirse en bucle, y pronto dejan de dar la sensación de estar conectados con asesinatos. Termino sabiendo cuándo se va a oír un grito, igual que pasa cuando conoces la letra de una canción pop. (Aquí viene la secuencia de los chillidos agudos e histéricos, inmediatamente después de que el tipo suelte una ráfaga de cuatro disparos seguidos). No estoy seguro de cuánto tiempo paso en el limbo del lobby, pero me parece mucho más que diez minutos.

Entra por las puertas giratorias una mujer alta y flaca con abrigo de tela estilo Pat Nixon y pañuelo azul en la cabeza, tirando de una maleta pequeña con ruedas. Me sonríe al pasar y siento una tristeza inmediata que no puedo explicar. Se detiene en el mostrador de recepción para recoger su llave y continúa hasta los ascensores, echándome un vistazo rápido por encima del hombro mientras desaparece por el pasillo. Vuelvo a sentir una punzada de melancolía, o quizás de vacío; quizás sea eso. Me pongo de pie, me desperezo y me acerco al mostrador para preguntarle a la chica si sabe algo más de la cancelación. Todavía no, me dice, pero me asegura que los posibles clientes la van a llamar en cualquier momento. Vienen de Tupelo, Mississippi, todo dependerá del tiempo que haga, dice. Regreso al sofá abombado y me vuelvo a desplomar. (¿Tupelo no es donde nació Elvis?). Me fijo en el lomo amarillo de una *National Geographic* que hay al fondo de la pila de revistas y la saco. El artículo de portada se titula «Los faraones negros, conquistadores del Antiguo Egipto». La cubierta muestra a un hombre que se parece mucho a James Earl Jones de joven, con los brazos musculosos cruzados sobre el pecho, una capa de piel de leopardo, collares gruesos de oro, un casquete dorado con dos halcones resplandecientes sobre la corona y mirada estoica. Estoy pasando las páginas satinadas cuando siento una presencia alta a mi lado y una voz aguda de mujer dice mi nombre entre interrogantes:

—¿Stuart?

Me giro para ver a la misma mujer flaca del abrigo de tela, esta vez sin la maleta.

—No te acuerdas de mí, ¿verdad que no? —me pregunta. Me quedo mirando sus ojos verdes en busca de algo que reconocer, pero lo único que encuentro es la misma punzada de melancolía—. Mil novecientos sesenta y cinco —me dice con un pequeño suspiro—. La Calle 10 con la Segunda Avenida... La iglesia de Saint Mark's.

—No caigo —le confieso—. Llevo días conduciendo. O por lo menos ya me parecen días.

La mujer se ríe nerviosamente, medio avergonzada, y se queda mirando la moqueta.

—Vivimos un tiempo juntos. ¿No te acuerdas? Nos levantábamos por las mañanas y comíamos cuencos de germen de trigo con miel morena por encima.

—Oh —digo, y la sigo mirando con desesperación creciente, preguntándome si no me habré roto alguna pequeña sinapsis en el cerebro por culpa de conducir demasiado. El ataque final de locura del conductor. Aquí, en Indianápolis. Y entonces la mujer hace algo asombroso. Se quita el pañuelo azul de la cabeza y sacude una cabellera roja que le llega casi a la cintura. Y todo vuelve a mí—. Oh, eres tú —le digo, todavía incapaz de ponerle nombre.

—¿Quién soy? —Ella suelta una risita—. No te acuerdas en absoluto de mí, ¿verdad?

—Pues claro que sí.

—No lo dices de verdad.

—No...

—¿Pues cómo me llamo? Venga, no hace tanto tiempo.

—Mil novecientos sesenta y cinco —le digo.

—O sesenta y....

—No, es imposible.

—Quizás sesenta y ocho. Eso es.

—¡Aun así, sigue haciendo cuarenta años!

—¡No! —se ríe ella.

—Echa la cuenta.

—Sí, supongo que ya hace eso.

—Beth, ¿verdad? —le suelto.

—No. ¿Lo ves? No te acuerdas.

—¿Betty?

—Te acercas.

—¿Pues cómo? Esto me está fatigando.

—¡Becky! —anuncia con una sonrisa de oreja a oreja y los brazos abiertos como si yo me fuera a levantar de un salto y abrazarla.

—Claro, Becky. Eso es, Becky. Claro.

—¿Cómo me llamo de apellido?

—Oh, por favor... no puedo con esto. Estoy agotado.

—Thane —sigue diciendo.

—¿Thane?

—Thane. Becky Marie Thane.

—Ajá —digo.

—Realmente no te acuerdas de nada, ¿verdad? —me dice casi susurrando, y reprime una risilla. Cruza los largos brazos y se coge con suavidad los hombros, como si estuviera rellenando el vacío de afecto que desearía que viniera de mí—. Estaba muy enamorada de ti, Stuart. —Suspira, y su mirada regresa a la moqueta rosa con manchas de pizza y salpicaduras de Pepsi. Los ruidos violentos del bucle de las cámaras de vigilancia se repiten sin piedad. Me fijo en que la chica del mostrador de recepción nos observa de reojo y después vuelve a mirar el resplandor verde de la pantalla del ordenador. No hay escapatoria. Becky Marie Thane deja caer los largos brazos a los costados con gesto de rendición y el pañuelo azul colgando de la mano derecha. Devuelvo la *National Geographic* a la mesilla de cristal y de pronto me viene una imagen de aquella época, el recuerdo fugaz de una mañana frente a una ventana de Nueva York con un cuenco cogido entre las rodillas desnudas. Solo por decir algo, le comento:

—Tienes el pelo todavía más rojo de lo que recuerdo. —Lo cual la hace partirse de risa, repentinamente feliz de que no haya abandonado el juego.

—No es real —me dice.

—¿El qué? —le digo, pensando que se está refiriendo a algo metafísico.

—El color. Lady Clairol. Es de bote.

—Oh... Vaya, pues te queda muy bien.

—Gracias.

—Muy... festivo.

—¿Festivo? —Suelta una risilla y se atusa la parte de atrás del pelo como si fuera una estrella de cine. Luego le vuelve a entrar la vergüenza y se retuerce de un lado a otro.

—¿Qué edad teníamos por entonces? —farfullo, sin intención verdadera de decirlo.

—Éramos unos críos —me dice.

—¿Sí?

—Bueno, *yo* sí. Eso lo tengo claro.

—Unos críos. Sí, supongo.

—¿Cuántos has tenido tú? —me pregunta. Su mirada de ojos verdes se encuentra con la mía y el pequeño cosquilleo de tristeza se convierte en una ola.

—¿Quieres decir hijos? —Asiente con la cabeza sin quitarme la vista de encima.

—Tengo un montón —le digo.

—¿Cuántos? —insiste.

—Cinco. Pero no todos con la misma mujer.

—No me sorprende. —Sonríe.

—¿Y tú? —le pregunto.

—Dos. Tengo dos chicas.

—Dos. Está muy bien. ¿Dónde viven? —le digo.

—Aquí. Bueno, o sea...

—Es verdad, eres de Indianápolis, ¿no?

—Pues sí. ¡De algo sí te acuerdas! —Sonríe.

—Me acuerdo de que tu padre te llamó un día. Mientras estábamos sentados en la cama comiendo la cosa esa.

—Germen de trigo.

—Eso. Te llamó para decirte que había un disturbio delante de tu casa. O sea que tuvo que ser en el sesenta y ocho, ¿no? Fue el año en que había disturbios día sí y día no.

—Tuvo que serlo.

—Martin Luther King y...

—Sí.

—Todo explotó. Detroit. Los Ángeles.

—El mundo entero en llamas.

—Eso parecía.

—Bueno. —Hace una pausa, en busca de algo más que decir—. No quería... O sea, me he quedado de piedra cuando he entrado y te he visto aquí sentado. No me lo podía creer. Te he reconocido nada más verte, pero... he pensado: no puedo pasar de largo sin decir nada. En plan, subir a mi habitación y fingir que no eres tú. He tenido que bajar a decir algo. O sea, cuánto tiempo...

—No, me alegro de que lo hayas hecho. Es un gusto verte.

—¿Qué demonios estás haciendo aquí? En Indianápolis, digo.

—Estoy de paso.

—Ah.

—¿Y tú? O sea, si vives aquí, ¿por qué estás en un Holiday Inn? —Todo se detiene. Se queda muda de repente y le empiezan a temblar los labios. Por alguna razón, los ruidos de fondo parecen haberse apagado, a menos que esto sea una pausa entre rollos de película. Ahora la chica del mostrador nos mira fijamente, como si sospechara que se está cometiendo algún delito.

—Mi marido... —dice, y se atraganta con las palabras—. Mi marido desapareció hace un mes y medio. Se... marchó, sin más.

—Oh, no —le digo.

—Se llevó a las niñas.

—No...

—Puede que se haya marchado del país. —Me sorprendo poniéndome de pie y haciendo un ademán débil para reconfortarla, aunque preferiría salir corriendo por la puerta.

—¿Tienes...? O sea, ¿tienes quien te ayude? —Se me ha secado la boca—. ¿Policía? ¿Abogados?

—Sí, he pasado por todo eso.

—Es una cosa bastante grave... O sea, se considera secuestro, ¿no?

—*Es* secuestro

—¿Tienes alguna pista? O sea...

—Hemos seguido algunos gastos de tarjetas de crédito, ya sabes, gasolineras, restaurantes, pero no nos han llevado a nada. Todo lleva a Florida y termina allí.

—¿Florida?

—Mi marido tiene familia allí.

—¿Y las niñas? ¿Qué edad tienen?

—Doce y dieciséis. La policía todavía está haciendo su investigación en mi casa, por eso no me puedo quedar allí.

—Oh.

—De momento he cogido una habitación aquí. Estoy un poco en el limbo, supongo. —Agita el brazo sin aplomo y el pañuelo azul revolotea como si fuera una bandera de tregua lejana. Examina las dos pantallas de plasma mientras vuelven a empezar los gritos y los disparos—. Lo siento —me dice—. No te quería soltar todo esto. Te he visto aquí sentado al entrar y he pensado...

—No, no pasa nada. Me alegro de que... Es genial volver a verte.

Se ríe y al cabo de un momento se viene abajo, pero enseguida recobra la compostura y se pone de costado. Me acerco para consolarla, pero se da la vuelta del todo y vuelve a cruzar los brazos sobre el pecho. La recepcionista cruza el lobby en dirección a mí con su acreditación plastificada sujeta al pecho y cara de disculpa.

—Lo siento, señor —dice—. Pero me acaban de confirmar la habitación que le decía. La de fumador con dos camas.

—Oh —digo.

—Sí, me acaban de llamar para confirmarla. Están de camino. Lo siento.

—No pasa nada.

—Hay un Motel Six un poco más allá por la 25. Suelen tener habitaciones libres. Si quiere, los puedo llamar, a ver si tienen algo.

—¿Te importaría? Te lo agradecería mucho.

—No hay problema. Ahora le digo algo. —Da media vuelta y regresa a su puesto. Parece que Becky ha recobrado la compostura. Deja caer los brazos y se empieza a pasar las manos por la pechera del vestido, como si acabara de descubrir pelusas. Se gira hacia mí con una sonrisa y se frota los ojos con el dorso de la mano.

—En fin, me alegro mucho de haberme encontrado contigo, Stuart. Estás igual que siempre. —Se me acerca con la mano extendida, lo cual me parece un poco inadecuado dadas las circunstancias, pero lo acepto. Tiene una mano flaca y helada que se escabulle de la mía casi de inmediato. Luego me da un besito en la mejilla, como si fuera mi hermana. Y me vuelve todo a la cabeza: el olor suave de su aliento—. Adiós —dice de golpe, y se aleja, desapareciendo una vez más por el pasillo.

Si tuviera una pistola ahora mismo, le pegaría un tiro a cada televisor de plasma y quizás también al sofá abombado, y es posible que después siguiera tiroteando la mesilla de café y el folleto de vacaciones en el Caribe y todas las revistas *Time* y *Newsweek* con sus Hombres del Año en portada. Pero lo que hago es volver al mostrador, donde la chica del nombre plastificado está siendo sorprendentemente solícita. Me acerco lo bastante como para leerle la acreditación mientras ella apunta algo con el teléfono cogido entre la barbilla y la clavícula. *Lashandra*, dice la acreditación, con el añadido de una carita amarilla feliz.

—Lashandra —le digo, sin saber en qué sílaba he de poner el acento. Me mira con los ojos entrecerrados y se lleva un dedo con la uña pintada de azul a los labios, como si estuviera a punto de conseguirme una suite de lujo en el Motel 6. Me paso el dedo de lado a lado de la garganta para indicarle que ya no quiero la habitación y me dirijo a las puertas giratorias. Lashandra me llama, consternada.

—¡Señor, perdone, señor! —Me giro hacia ella—. ¿Ya no quiere la habitación? Creo que le he encontrado algo.

—No, gracias, pero te agradezco tu amabilidad. Eres muy amable.

—Oh, no es ninguna molestia, señor. Siento no haberle podido ayudar.

—Lashandra, ¿te puedo preguntar una cosa muy rápida?

—Claro, señor. Lo que sea.

—¿No te vuelves loca escuchando esos televisores toda la noche? ¿Esos... asesinatos?

—Uy, ya no los oigo. Ya sabe... están de fondo. —Me sonríe y salgo por la puerta giratoria. Los ruidos de disparos quedan amortiguados por el cristal.

Fuera está oscuro y nieva un poco; los copos flotan a través de la luz naranja. Me he olvidado completamente de que dejé el coche en marcha, y mi perra amarilla se pone a arañar frenéticamente las ventanillas en cuanto me ve venir. La dejo salir por la portezuela de atrás. Pone las patas sobre el asfalto y resbala sobre un trecho helado. Menea el rabo arrebatadamente en círculos, como si hubiera captado un aroma a codornices en el aire invernal. Sale corriendo hasta un pequeño cuadrado de hierba marrón para echar una meada. La sigo bajo el resplandor del letrero que dice «Completo», que supongo que no he debido ver cuando he parado aquí. La temperatura parece haber bajado hasta menos cinco grados, y la nieve que vuela me está llenando los ojos de lágrimas. La perra debe de estar echando la meada más larga de la Historia. Sigue ahí en cuclillas, con una pata trasera levantada de forma extraña, mirándome fijamente como si me quisiera escapar sin ella. El zumbido hueco de la autopista me hace preguntarme si por fin habré roto todas mis conexiones con el mundo sin quererlo.

Vuelvo a meter a la perra en el coche y ocupo el asiento del conductor, que está al rojo vivo porque también me he dejado encendido el calefactor del asiento. Me dispongo a desbloquear la palanca de cambios cuando levanto la vista a través de la nevada y la veo allí —a Becky Marie Thane—, de pie entre los faros, mirándome fijamente con una expresión parecida a la de mi perra. Está temblando, sin el abrigo, y la nieve se le engancha en el pelo rojo y resplandece a contraluz, como si fuera un halo. ¿Qué pasa, que ahora estoy teniendo una experiencia religiosa?

Se acerca corriendo a la ventanilla mientras la bajo, asombrado.

—Lo siento —me dice—. He pensado que quizás te querrías quedar en mi habitación, como no tienes... o sea, tengo un sofá y todo. Un sofá aparte. Es sofá cama, en un camarín con lavabo. No es exactamente una habitación entera, pero he pensado que te ahorraría un viaje con este mal tiempo. No estoy intentando... ya sabes...

—Oh, gracias, Becky —la interrumpo—. Te lo agradezco mucho, pero debería seguir mi camino.

—Claro, no pasa nada. No pasa nada. —Sonríe—. Simplemente se me ha ocurrido ofrecértelo. No estaba intentando...

—No, pero muchas gracias, en serio. Me ha encantado volver a verte.

—Adiós —me dice en tono dulce; se despide con un pequeño gesto de la mano y me tira un beso mientras arranco. Por el retrovisor veo que se vuelve a meter corriendo en el lobby, pisoteando el suelo de la entrada para quitarse la nieve de las botas. Intento acordarme de a qué película me recuerda esto. Alguna de aquellas tan cursis en blanco y negro de los años 40 sobre la Fuerza Aérea, con despedidas lacrimógenas mientras Jimmy Stewart se va volando por el cielo azul. ¿Por qué todo lo que evoco es en blanco y negro?

La nieve ya está azotando el parabrisas con saña cuando pongo rumbo a la intersección de Louisville, con la perra corriendo en círculos diminutos en la parte de atrás y después haciéndose una bola y metiendo la cabeza debajo del hocico; resignándose a otras cien millas de autopista negra. Empiezo a perderme en recuerdos del pasado mientras la visibilidad se reduce y todo se vuelve blanco. Quizás exista una correlación entre la ceguera externa y la aparición de imágenes interiores. Ahora veo el borde del colchón y nuestros cuencos grises uno junto a otro; nuestras rodillas tocándose. Y me siguen pasando más cosas por la cabeza, mientras me concentro en mirar al frente para evitar salirme de las líneas de la carretera. Irme del desierto en un día despejado. Subir al Greyhound. Bajarme en Times Square. Un póster enorme de un grupo pop de Inglaterra con los peinados de los Tres Chiflados. Un banco de sangre con un letrero en el escaparate que ofrecía cinco dólares por pinta. Putas negras con el pelo rojo. Chet Baker en un portal de la Avenida C. Tompkins Square Park con sus olmos gigantes goteando lluvia. Repollos y sopa de cebada. Oír hablar polaco por primera vez. Mujeres del Viejo Mundo con pañuelos en la cabeza y sobretodos. Cubanos jugando al ajedrez. Rumores de ácido y TCP. Gente agolpándose en torno a una limusina negra, escuchando por la radio la noticia del asesinato de Kennedy. Junglas ardiendo por el napalm. Ataúdes cubiertos con banderas americanas. Mulas transportando el ataúd de Martin Luther King. Stanley Turrentine con su saxo en una bolsa de papel.

Voy a dar media vuelta. Estoy en mitad de una tormenta de nieve y voy a dar media vuelta. Me acerco a un tractor-remolque gigante que está doblado en la zanja. No hay ni rastro del conductor. Ahora voy por la línea medianera, con las luces de emergencia puestas, confiando en que no se me eche encima nadie desde los otros carriles. Conduzco a ciegas. Saldría al arcén, pero no veo dónde está. Algo le está pasando a mi vista como resultado de la cortina de nieve y los remolinos constantes. Me siento como si estuviera cayendo de repente por el espacio y mis ruedas hubieran perdido todo contacto con la tierra. Me estoy viniendo abajo del todo, temblando, con unos escalofríos terribles, agarrando el volante como si en cualquier momento me pudiera precipitar en el abismo y perderme para siempre.

Me las apaño para regresar a ciegas por la ventisca hasta el nudo vial de salida de la autopista y me vuelvo a meter como puedo en el aparcamiento del Holiday Inn. La familia de Tupelo está descargando su camioneta diésel enorme en pleno vendaval de nieve, deslizando sus neveras portátiles y maletas por el asfalto helado. Me quedo un rato sentado, mirándolos a través de los limpiaparabrisas, con las luces de emergencia todavía parpadeando y mi perra poniéndose muy nerviosa por lo que se nos puede avecinar. Me planteo pasar la noche en el coche. Esperar a que pase la tormenta. Eso implicaría dejar el motor encendido para no morir de congelación. Y comportaría que la perra se pasaría todo el tiempo gimoteando y corriendo en círculos. Enciendo mi radio por satélite en busca de algo que me dé alguna pista. Suena la voz angelical de Sam Cooke. No lo soporto. La apago para evitar un colapso emocional total. ¿Puedo pasarme la noche entera aquí sentado? Con el motor encendido. La perra dando vueltas. Las luces parpadeando. La nieve cayendo. ¿Voy a aparcar el coche o a quedarme aquí sentado para siempre? ¿Y qué pasará cuando por fin salga el sol y se detenga la nevada y se derrita el hielo y el paisaje entero se transforme en la primavera y florezcan las plantas y los granjeros conduzcan sus cosechadoras gigantes de un lado a otro de los campos plantados? ¿Qué pasará entonces? ¿Seguiré aquí, igual, con el motor encendido? ¿Qué pasará cuando descubran que hay alguien intentando vivir en su coche en el aparcamiento del Holiday Inn? ¡Necesito aparcar de una vez!

Así pues, lo aparco y luego una cosa lleva a la otra y termino otra vez en el lobby, sin ningunas ganas de encontrarme con Lashandra, sin ningunas ganas de hacer cola detrás de la familia de la camioneta de Tupelo; pero ahí estoy. Gracias a Dios, ha cambiado el canal de televisión. Ahora dan noticias, y un tipo trajeado de aspecto distinguido desfila de un lado a otro frente a un enorme mapa electrónico del conjunto de Estados Unidos, tocándolo mágicamente y acariciando distintas zonas, haciendo que se iluminen en rojo en el sur y en azul en el norte, dando la impresión de que el puñetero país entero es un dibujo animado, dividido como una tarta de manzana, y que en él no vive nadie, ni tampoco hay nadie intentando conseguir una simple habitación en el Holiday Inn en mitad de una tormenta de nieve en alguna parte de las afueras de Indianápolis.

Por fin la familia de Tupelo se marcha rodando con todos sus bártulos hacia la habitación «de fumador» que yo codiciaba. Lashandra no está segura de qué cara poner cuando me ve allí plantado patéticamente otra vez. Una combinación de cortesía sonriente y terror puro ante lo que debe de estar viéndome en los ojos.

—Hola, Lashandra —le digo en tono comedido. No me dice nada—. Me preguntaba si me podrías hacer un favor. Estoy... la tormenta es terrible. No te lo creerías.

—Eso me estaban diciendo —dice ella—. Esa gente de Tupelo.

—Es increíble. No se ve nada. Apenas podía ver la capota de mi coche.

—Ha salido en las noticias —dice—. Llega hasta Nueva Orleans, creo.

—¿En serio? En fin, no he podido... he tenido que dar media vuelta.

—Pero todavía no tengo habitaciones libres —me dice.

—Sí, lo sé. Ya lo sé. Pero lo que me estaba preguntando es... tengo aquí a una vieja amiga. Esa mujer, ya sabe, la mujer con la que estaba hablando antes. La mujer alta, flaca y pelirroja.

—Ajá —me dice.

—Me preguntaba si me podría dar su número de habitación, porque me ha ofrecido quedarme con ella, y...

—Es que no se nos permite dar los nombres de los clientes, señor.

—No, ya lo sé. O sea... Sé cómo se llama. Se llama Becky Marie Thane y vivíamos juntos en Nueva York. Hace mucho tiempo.

—Aun así, no le puedo dar su número de habitación, señor. Es nuestra política.

—Lo entiendo, pero quizás la podría llamar, con el teléfono interno. ¿Sería posible?

—Claro. Eso sí se lo puedo dejar hacer. Déjeme que le conecte. —Se acerca el teléfono interno, busca el número de Becky y me da el auricular. Me lo pego a la oreja, confiando en que Lashandra deje de mirarme fijamente y tenga la discreción de darse la vuelta, pero se queda como está, taladrándome con los ojos. Becky coge el teléfono.

—Hola —dice, y la inocencia simple de su voz me hace echarme a llorar, y no puedo parar, y por fin Lashandra me da la espalda.

Estas decapitaciones recientes

Estas decapitaciones recientes son precisamente lo que siempre hemos temido. Sabíamos que vendrían tarde o temprano y por fin están aquí. Acero reluciente y antiguo descendiendo como un mensaje de los cielos sobre nuestros cuellos blancos y desnudos. La clase de separación que más nos aterra: perder la cabeza. El *shock* absoluto de la separación repentina. El cuerpo por un lado y la cabeza por el otro. Y la mente yendo y viniendo desesperadamente entre ambos. ¿Cómo ha sucedido esto? Ha salido de la nada. O eso parece. No se lo esperaba nadie. Nadie lo podía predecir. Por lo menos en 1957, cuando Chevy le incorporó esa aleta genial al Bel Air y Little Richard todavía estaba empezando a triunfar.

Abrazo clásico

ESTABAN TENIENDO UNA CONVERSACIÓN sobre Marlon Brando en *El rostro impenetrable*. De eso se acuerda. La recuerda en una habitación de motel con la chimenea encendida, junto a la costa de Santa Bárbara; con el Pacífico rompiendo contra su ventana. Y la recuerda a ella diciendo:

—¿Te acuerdas de cómo Brando mentía a aquella chica preciosa que llevaba una flor de hibisco en el pelo?

—Ah, ¿eso era? ¿Hibisco?

—Sí, aquella flor roja y exótica que llevaba encima de la oreja izquierda.

—Oh —debió decir él—. ¿Pero cuál era la mentira? No recuerdo que le mintiera.

—Sí, ¿no te acuerdas? Le dice que tiene algo en el ojo. Una mota de algo. Se lo está inventando, pero ella se lo cree. Nada más sugerírselo él, se pone a parpadear. Luego Brando se desata el pañuelo que lleva al cuello y se le acerca y se pone a limpiarle suavemente el ojo con una esquina del pañuelo. Y mientras lo está haciendo, le pasa como quien no quiere la cosa el brazo por la cintura, y antes de que te des cuenta ya se están dando un abrazo clásico.

—Pero eso no es ninguna mentira, es simple seducción de toda la vida —recuerda que dijo, y se acuerda de que, nada más decirlo, algo le falló en la vista; los colores se disolvieron, las formas desaparecieron y lo que había en primer plano retrocedió de repente hasta un telón de fondo plano y borroso.

—¿Fue entonces cuando te diste cuenta por primera vez de que te podías estar quedando ciego? —dijo ella.

—Sí, creo que debió de ser entonces. Pero sí que me acuerdo de la flor.

—¿La flor de hibisco? —susurró ella.

—Sí, me acuerdo de aquella flor que ella tenía encima de la oreja.

—Llamaba muchísimo la atención, ¿no? —dijo ella.

—Sí, pero no recuerdo que mintiera, para serte sincero. —Rodaron hacia el fuego y él la penetró por detrás.

Alpine, Texas

(Autopista 90)

PERDÍA EL NORTE, ese era mi problema. Por lo menos así lo veo ahora. *A posteriori*, por así decirlo. Me desorientaba. La cosa iba y venía durante días. Días y más días. Me despertaba en alguna habitación con paredes de pladur donde todo temblaba cada vez que pasaba el tren. Tan cerca de la ventana que, si hubiera estirado el brazo, me lo habría arrancado. Te dejaba sin aliento. Ya lo creo. Tucumcari. Kalispell. Abilene. Papel de pared patriótico. Azules y blancos. Campanas de la libertad. Yeso lleno de grietas. Todo descascarillado, dejando ver los listones viejos de debajo y un papel de periódico aislante que se remontaba a los años 20. Aquellos gorros graciosos con forma de botón que llevaban todas las chicas. Coches modelo Ford T y vestidos de tirantes. Titulares sobre el inminente *crack* de la bolsa. ¿Quizás estaba allí para encontrarme con alguien? ¿Tenía una cita secreta? No estaba seguro. Había olvidado mi razón para estar allí. Días enteros intentando localizar matrículas de coche. La que tenía el Gran Cañón de color naranja, por ejemplo. Una pista perfecta. Debía de buscar a alguna chica de Arizona. ¿Quién puede saberlo a estas alturas? Me dedicaba simplemente a deambular en busca de indicios. A veces el ruido tenue de un pájaro ya bastaba para desconcentrarme. Salía al anochecer atravesando el vetusto zócalo, cruzando la ancha Avenida Dolores del Río, siguiendo los cantos de los pájaros hasta la noche oscura. Pero los sinsontes son muy engañosos. Es su juego. La confusión. La diversidad. Melodías de color magnolia, lo suficientemente dulces como para cautivarte por completo. Seducción total. Y encima están libres de culpa. No tienen reparo alguno en romperte el corazón y echarte a los perros. Esos perros. Esos perros pequeños y mezquinos. California. Texas. Baton Rouge. No les falta variedad de líneas melódicas, eso quiero decir. De lealtad, en cambio, andan muy escasos. Eso he descubierto. Muy poca. De los estorninos, en cambio, casi siempre te puedes fiar. Son una apuesta muy fiable en el tiempo y el espacio. Te despiertas oyendo un estornino y una certidumbre maravillosa te baña los huesos doloridos. Calexico. Texarcana. Algún sitio de esos. Bravuconería chillona de cola larga, bajo otro sol abrasador. Trayéndote toda clase de noticias. Las noticias del día, por así decirlo. Pero perder el rastro por completo a la gente... eso es lo peor. La sensación. El dolor en el pecho. Sentirte completamente vacío. Sin nadie. Algunos ya se han ido para siempre. Con esos no se puede hacer nada. Los demás, en cambio. Los que siguen ahí, en alguna parte. Todavía en alguna parte. ¿Qué pasó con ellos? ¿Dónde está el cordel? Si es que alguna vez lo hubo. En eso no se puede dejar de creer. Aun así, hay personas a quienes debo de haber ahuyentado yo. Lo admito. Debo de haber sido yo. ¿Por qué demonios se iban a querer quedar cerca de una zarza en llamas? De un Chevy ardiendo. Con el fuego saliéndome de las orejas anglosajonas. Fuego saliéndome del culo. Catastrófico. Un montón devastador de escombros humeantes. Algunas otras simplemente huyeron, supongo. Se fueron por piernas. Algunas volvieron, pero para entonces ya estaba claro que nunca iban a encontrar en mí lo que buscaban. Era evidente en sus gestos cabizbajos. Una decepción terrible que no tenía fin. Me daba cuenta. No había fin a la vista. Y yo todavía deambulando por aquellas calles polvorientas, en busca de un desayuno. A aquellas horas. Caminando de costado por entre mesas de picnic de tablones, viejos rancheros encorvados, sombreros Stetson de copa flexible; cabestros ruidosos y perros que correteaban entre las piernas, cristianos estrictos que rezaban frente a sus tiras de beicon crujientes y sus huevos poco hechos. Encontré un trozo de mantel de cuadros limpio y seco y me senté delante de una pareja de chavales mexicanos flacos, tan perdidamente enamorados que tenían las manos pegadas con cola de impacto. Ojos negros aztecas vueltos del revés, ciegos a la fealdad del mundo, devorándose mutuamente las bocas mientras se les enfriaban los panqueques.

Toda esa época a la que me estoy refiriendo. Dar tumbos por el mundo. Debía de estar trabajando en alguna cosa. Debía de tener algún trabajo. Claro que sí. Me doy cuenta ahora. Debía de estar en el polvoriento Alpine esperando un cheque. El tipo se llamaba Roberts Clay. No estaba allí por ninguna mujer. Me habían dicho que lo reconocería enseguida. Llevaba un bastón negro de nogal. Yo ya llevaba allí tres días y seguía sin haber ni rastro de aquel señor Clay. Solo me quedaba un par de calcetines SmartWool buenos. Tambaleándome por entre los camiones llenos de melones. ¿Es posible que hubiera un tiempo en que me cupiera toda la ropa en un petate?

Misión de San Juan Capistrano

Es una camisa rara, esta que llevo. Me queda pequeña y prieta y es de color rosa y me hace sentirme niño otra vez. Es bonita. Me la hizo mi madre, la señal más clara posible para los chavales de tu escuela de que no tienes dinero. Ya no soy niño, pero cuando me pongo esta camisa me vuelve a visitar aquella sensación. No es la misma de entonces, claro. La de entonces ya no me la podría poner. Pero esta guarda parecidos evocadores, y me invoca el mismo conjuro sobre el torso superior. Noto el pecho vulnerable y huesudo. El cuello me sobresale como el de un pollo. Los brazos me asoman a los lados. Todo mi ser queda expuesto. Tengo entre seis y nueve años. Me lleva cogido de la mano una mujer mayor. De la muñeca le cuelga un pañuelo de lino, remetido por dentro de la pulsera del reloj. La brisa de la costa hace que su falda de encaje negro me azote los hombros. Estoy seguro de que es mi abuela. Reconozco sus manos iroquesas de venas marcadas. Tengo los mismos pulgares que ella. Nacimos el mismo día, bajo el signo de Escorpio. Una vez me enseñó cómo se extendía por el cielo la cola del escorpión, abarcando todo el Desierto de Mojave. Aquella cola letal. Las palomas nos aletean en torno a las cabezas, intentando posársenos en los hombros y brazos. Les damos de comer maíz con vasos de plástico. La fuente española gotea. Las campanas de latón de la misión entonan una letanía plañidera. Está claro que se ha acabado la guerra, ¿pero dónde fue? ¿En unas islas lejanas? ¿Al otro lado del mar? No conozco en absoluto a mi padre. Lo debo de haber visto dos veces. Las dos veces llevaba uniforme caqui y olía a colonia de malagueta. La gente me acaricia la cabeza al pasar, como si fuera un animalillo. El afecto es algo que me cautiva por completo. Me provoca cosquilleos por el cuerpo entero; las voces, el movimiento, las risas, el olor a sal del Pacífico. Todo me afecta de la misma manera: a través de la piel. *Soy* un animal. Por la noche duermo con los ojos muy abiertos. No se me escapa nada. Ni un sonido. Los bichos que chocan con la mosquitera. El perro moteado que gimotea en la puerta de atrás, deseoso de entrar; haciendo los ruidos de la soledad.

Es una camisa rara, demasiado prieta y ajustada. Me devuelve a los tiempos en que yo ocupaba un cuerpo completamente distinto y lo desconocido era mucho más grande.

Ay del pobre mercenario

Le desprendí la cara meticulosamente. Es lo único que tengo que decir. Me limité a hacer mi trabajo. Me habían dicho que querían una cara a modo de prueba material. El problema es que no es como desollar un lucio o un cervato. El ser humano es distinto. Tiene más curvas y recodos. La musculatura que conecta los tejidos de la epidermis no es la misma en absoluto. Además, lo único que tenía a mano era una navaja Victorinox de acero inoxidable con hoja de diez centímetros. Afilada como una cuchilla de afeitar, vale, pero aun así... tuve que sacarme de la cabeza la idea de estar despedazando a un animal y ponerme manos a la obra. Quejarse nunca sirve de nada. Hay que limitarse a seguir adelante, hacer el trabajo y cumplir. Decidí que el mejor método de preservación era espolvorear el interior de la cara con polvos de talco y sal y luego enrollar lo mejor que pudiera la piel fina como el papel. Até el rollo resultante con gomas elásticas azules, como las que se usan para los manojos de brócoli y de zanahorias. Debo admitir que el procedimiento era bastante experimental, pero es que nunca había tenido que abordar aquella clase de tarea. Antes se limitaban a fiarse de tu palabra. ¿Por qué ibas a mentir? Si no eliminabas a un objetivo, el objetivo volvía para atormentarte. Estaba claro. No había duda posible. Pero aquel grupo en particular afirmaba que necesitaban pruebas concretas. Concretas.

Permitidme que vuelva a empezar. Permitidme empezar diciendo que espero cobrar por un trabajo bien hecho. Eso hay que entenderlo ya de entrada. Todo el mundo lo espera. Nadie se mete alegremente en un rollo así sin esperar compensación; sobre todo con un trabajo de esta magnitud y alcance. O sea, hay otros trabajos en que te llevas una mitad por adelantado y la otra en el momento de la entrega. Y con «entrega» no quiero decir llevarles la cara de nadie. Me refiero a dar tu palabra de que has dejado su cabeza en una zanja o la has tirado a un lago o algo. Y estaba claro que te creerían. ¿Por qué ibas a mentir con algo así? Estaba en juego tu reputación. Y en otros tiempos, era lo único que tenías: tu palabra y tu reputación. Ahora, en cambio, hoy en día, mira a estos payasos. No tienen ninguna ética. Es un escándalo: el hecho de que de pronto renieguen de todo y se desdigan, negando cualquier conexión contigo, haciendo ver que no saben nada, o sea... Dejadme que os diga que jamás me habría presentado voluntario a un encargo de este tipo si no hubiera una recompensa cuantiosa esperando al final. O sea, arrancarle la cara a un tipo... ¿Estás de broma? Si lo que quieren es verificación, ¿qué problema hay con sacar una foto, como se ha hecho siempre? La típica Polaroid en blanco y negro. O sea, no soy Stieglitz, pero joder, puedo sacar una puñetera foto: «antes» y «después». O sea, a ver, cuando nos cargamos a aquel asqueroso en Chad en el 95, no me pidieron más que eso. Una foto normal y corriente: «clic». Se le habían puesto los ojos morados y tenía un agujero en el puente de la nariz lo bastante grande como para meterle un puro. Fiambre. Me saqué un dineral por aquello, creedme. Sin preguntas. Esto, en cambio, es una vergüenza absoluta.

Quanah, Texas

Las enseñanzas del maestro Dogen
La historia del caballo Ruffian
«Desde el umbral de un sueño» de Machado
El legado de la Conquista
Adiós a un río
4 obras teatrales de Tom Murphy
Diccionario de español oral
Bajo el volcán
Diecinueve poemas elásticos

He aquí algunos indicios de mi estado actual de dispersión. Los estoy mirando a bocajarro.

Campo de batalla de Pea Ridge, Arkansas

A MI BISABUELO SEGUNDO, Lemuel P. Dodge, le volaron una oreja justo aquí, en la batalla de Pea Ridge, en 1862. En mi cocina tengo una foto de él, sentado de perfil, con las piernas regiamente cruzadas a la altura de las rodillas, vestido con su uniforme confederado. Un grueso vendaje de gasa, abultado a la altura de la oreja y atado en torno a la cabeza. Las manos apoyadas suavemente en el regazo, sobre la vaina con grabados ornamentales de su espada. Reconozco su nariz por todo el lado paterno de mi familia. Tíos y primos. La barba y el pelo rojos. Los ojos de un azul gélido, como de mártir cristiano. (Es posible que los ferrotipos de la época acentuaran estos rasgos en beneficio de la vanidad del retratado). Es el vendaje blanco espectral lo que no acaba de casar con la formalidad de la pose, como si el honor y la violencia bruta no se pudieran sentar codo con codo. «Seis salvas de artillería federal, ocho descargas de la batería de rifles que impactaron de costado en las columnas rebeldes apelotonadas». Caballos reventados. Jinetes segados por la mitad. El cuerpo pierde sangre y la mente orgullo. Lo único que se oye ahora mismo, en este descampado vetusto, es un sinsonte solitario que se ha posado encima de una bala de heno amarilla. Cada vez que cambia de melodía, menea la cola.

San Juan Bautista

(Autopista 152)

HAY COSAS DEL PASADO que sí que vuelven: hacemos parada en San Juan Bautista y tratamos de llamar a Luis Valdez desde una cabina (todavía falta mucho para que se inventen los móviles). Apenas lo conozco, pero es su pueblo y estamos pasando por él, de manera que... Me contesta una mujer con mucho acento y me dice que Valdez estaba en Oaxaca, pero que probemos más tarde y quizás lo encontremos. Lo dice como si se hubiera ido al súper a comprar cigarrillos. ¿Más tarde?, le pregunto. ¿Qué quiere decir con que quizás lo encontremos más tarde? Oaxaca queda muy lejos, ¿no? Oaxaca está en México y nosotros en el norte de California. Me cuelga como si yo fuera un gamberro. John sigue hablando sin parar, y ya lleva dos horas así. En parte he querido parar aquí y hacer la llamada solo para salir del coche y alejarme de sus rajadas, pero aquí lo tengo otra vez, y no se calla. Está hablando de Ansel Adams y sus técnicas con el fotómetro. Como si me importara un carajo. Despotricando sin parar sobre aperturas y diafragmas, sin importarle la situación inmediata; el hecho de que hayamos hecho una parada y estemos a plena luz del día en este pueblo luminoso y de que pueda surgir algo nuevo a la vuelta de la esquina. No para de darnos la paliza con Ansel Adams. Para ser sincero, nunca he sido muy fan de Adams. Venera demasiado los paisajes, para mi gusto. O sea, le tengo el mismo respeto al paisaje que cualquiera, pero no voy a postrarme ante él. Me atraen más las caras, la gente; Robert Frank, Douglas Kent Hall, tipos así; John, en cambio, no se calla ni un momento. Creo que vuelve a ir colocado de anfetas, eso creo. De hecho, estoy seguro. Sus patrones de conducta son inconfundibles: la boca seca, el relamerse todo el tiempo, los movimientos nerviosos del cuello, como si estuviera intentando ajustar algo; el levantar los hombros y rascarse ambos antebrazos al mismo tiempo. Son indicios obvios, pienso. Nos prometió a Dennis y a mí que no traería esa mierda, pero estoy seguro de que es eso. ¿Qué otra cosa puede ser? Tiene un alijo escondido en alguna parte del Chevy. No es la primera vez. No tiene honor. Otro signo claro es el hecho de cambiar compulsivamente de tema sin importarle lo que venía antes o lo que vendrá después. Como si no necesitara oyentes. Las típicas asociaciones mentales caóticas de drogata, sucediéndose alegremente en mitad del discurso, como si fuéramos un par de turistas paseando por su paisaje interior. A modo de ejemplo: ahora está hablando de mentir, es su tema del momento: el Arte de Mentir, lo llama; la miríada de formas de autoengaño que practica el mentiroso. Un mentiroso que no es consciente de estar mintiendo por oposición a otro que sí. En última instancia, me dice, no hay diferencia alguna entre el Mentiroso Intencional y el No Intencional, ya que ninguno de ambos es capaz de ver todo el contexto en el que tiene lugar la mentira. Y luego dice: «Son ciegos a las repercusiones de sus invenciones». Lo dice en serio. Me detengo en seco y lo miro a los ojos nerviosos. Me entran ganas de arrearle una patada en el culo, pero no quiero empezar este viaje con mal pie.

Entramos en un café pequeño y con encanto, fingiendo que somos ciudadanos corrientes y corteses que están haciendo un pequeño viaje de carretera; como si corrieran los años 40 o algo así, aquellos tiempos en que veías a familias enteras apelotonarse en sus coches y coger la carretera por el puro placer de cambiar de aires. Nos sentamos a una mesa con mantel de hule a cuadros y saleros y pimenteros en forma de gallos y gallinas. Hay un ventanal enorme que da a la vieja plaza de estilo español. Todo se ve tranquilo y en paz, incluso cuando John coge el salero y el pimentero y se dedica a hacer ver que el gallo se está follando a la gallina. Antes de que podamos pedir el café, Dennis se pone a hablar de algo y de repente me doy cuenta de que él también va de anfetas. Los mismos síntomas, aunque un poco más sutiles. Se pone a contar un sueño que ha tenido donde hay un tipo grandullón con pantalones cortos que primero se balancea por las rodillas del techo de unos viejos juzgados y después se deja caer al suelo embaldosado y se queda allí tirado, haciéndose el muerto. Se tira de forma deliberada. No estoy acostumbrado a que otros hombres me cuenten sus sueños. Por alguna razón me parece una conducta sospechosa. No me importa que lo hagan las mujeres, pero los hombres me dan grima. Siempre y cuando no se ponga a interpretarme su sueño, a hablarme de astrología y de símbolos rúnicos y a intentar encontrar paralelismos con su estado de vigilia, lo puedo aguantar. En un momento de silencio que dejan las reflexiones de Dennis consigo pedir beicon con huevos y chorizo con guarnición de nachos. En realidad, la única razón de que le esté tolerando esta rememoración de su sueño es que una vez me contó los detalles del suicidio de su padre, y ahora siempre estoy esperando a que me cuente otra historia fascinante como aquella, aunque de momento no ha pasado. Su padre tenía una ferretería en Oregón y parece que una noche, después de cerrar, se las apañó para construirse una especie de polea atando cordel de nylon y sedal a los gatillos de un par de pistolas Browning puestas una encima de la otra, lo cual le permitió poner la frente directamente delante de los cañones negros y apretar ambos gatillos a la vez. Apenas quedó nada de su cara. Por entonces Dennis tenía diez años y se acuerda de que la comunidad donde vivía le hizo el vacío, como si de pronto llevara la locura en la sangre. Ahora John vuelve a intervenir en una de las largas pausas del sueño de Dennis. Dice que de pronto se da cuenta de por qué siempre le han gustado tanto las novelas policiales. Yo no sabía que sintiera pasión alguna por el género. Dice que es porque siempre se ha identificado con la condición aislada del detective como personaje central.

Del tipo que se asoma desde el margen. Y nos explica que, por ejemplo, justo antes de que entráramos en este café, ha tenido la misma sensación, la sensación de estar «en el margen», y que su reacción ha sido adoptar de inmediato la identidad del Detective; subirse el cuello de la camisa, meterse las manos hasta el fondo de los bolsillos y mantener la cabeza gacha pero sin perderse ni un detalle del interior del café. (Yo había dado por sentado que era una simple conducta mema causada por las anfetas). Adoptar esa nueva identidad exterior es lo que le ha dado confianza, nos explica, para entrar en el local y pedirse un café. Explica que le resulta mucho más fácil representar un rol que ser él mismo, porque no tiene ni idea de quién diantres es. Lo compraron en el mercado negro de los años 40 por seis mil dólares en metálico, cuando tenía un año, en una agencia de adopción de Jersey City. La pareja judía que lo compró contaba que lo habían elegido por su pequeña mata de pelo negro, sus ojos oscuros y ciertos rasgos hebraicos que creían que con el tiempo facilitarían que pudiera pasar por sangre de su sangre. A medida que maduraba, sin embargo, aquellos rasgos se fueron exagerando más y más, hasta asumir un aire marcadamente simiesco que sus padres adoptivos nunca podrían haber predicho. La nariz se le ensanchó y se le aplanó y se le puso un poco como a Rocky Marciano. Los labios se le inflaron y le quedaron un poco caídos, y desarrolló la costumbre de no cerrarlos nunca del todo. Sus ojos adoptaron esa pátina negra intensa de los gitanos italianos y el pelo le empezó a colgar en unos bucles desmañados que carecían de elasticidad. Y por si todo esto fuera poco, su actitud general hacia el mundo exterior dio un giro que lo alejó mucho de las expectativas de sus padres. Carecía de ambición de ninguna clase. Ya a los doce años se pasaba horas sentado en los bancos de los parques, mirando a las palomas. Ni siquiera tenía deseo alguno de darles de comer. Su único sueño era enamorarse locamente de una pelirroja latina y vivir con ella para siempre en alguna aldea remota, haciendo de vez en cuando alguna incursión al mundo por su cuenta, pero siempre volviendo a la cama de ella. Es un objetivo que ha conseguido, y ahora afirma estar completamente satisfecho con su situación actual. No tengo razón para no creerle.

De golpe, Dennis nos sale con la revelación absoluta de que este tiene que ser el pueblo donde Alfred Hitchcock rodó *Vértigo*. ¿Os acordáis de la torre? Pues la estamos viendo a través del ventanal. Se acuerda de que Jimmy Stewart subía las escaleras y la mujer se caía; ¿o era el hombre? Quizás por eso tengo tantos sueños de caídas, dice. No digo que me caigo yo; ya sabes, es el tío que está colgando del techo de los juzgados el que se cae deliberadamente al suelo y todo eso. Seguro que eso lo explica.

¿Qué lo explica?, le pregunto, quitándole el tapón a la salsa picante.

¡*Vértigo*! La película. Te acuerdas de la película, ¿verdad? Con Jimmy Stewart y Eva Marie Saint.

No, era Grace Kelly, interviene John.

No, no era Grace Kelly. Grace Kelly salía en *Los pájaros*, dice Dennis.

Esa era Tippi Hedren, intervengo mientras como huevos.

Ah, sí, dice Dennis. Que era la madre de Farrah Fawcett, ¿no?

¿De Farrah Fawcett?

Farrah Fawcett no es hija de Tippi Hedren, dice John. Llevo un tiempo sin ir al cine, lo admito. Pero estoy casi seguro de que Farrah Fawcett no es hija de Tippi Hedren. Tiene una hija que también es muy famosa, pero ahora no me sale el nombre.

Creía que era Farrah Fawcett, dice Dennis.

Pues no, te equivocas.

¿Pues quién, entonces?, dice Dennis. ¿Quién es su hija?

No estoy seguro. Ya me acordaré, dice John.

¿Por qué no dais los dos una vuelta a la plaza mientras termino de desayunar?, les sugiero.

Vale, buena idea, dice John, y salen los dos por la puerta, al alimón. Así de fácil. La verdad es que son completamente sugestionables. Solo les tienes que hacer alguna sugerencia y la siguen. Si les dijeras: ¿por qué no vais los dos a la torre esa de Alfred Hitchcock y os empujáis entre vosotros al vacío?, seguramente también lo harían. Deben de ir colocados hasta las cejas. Los dos. Creo que quizás Dennis se haya tomado un ácido Purple Owsley de esos, o quizás hongos. Cuando hemos parado a mear, lo he visto sacar algo de colorines de la mierda de vaca del arcén. Se lo noto en la forma de caminar, despacio y desorientado, observando con atención las tonterías más insignificantes. Parándose de golpe para contemplar un vaso de plástico que pasa volando por la glorieta. Ahora los veo a los dos a través del ventanal mientras mastico un nacho. ¿Cómo he llegado a ser el observador de esta panda? El inadaptado entre inadaptados. Ahora los dos tienen los ojos entrecerrados por el sol y están usando las manos de visera y caminando un poco encorvados y con los cuellos subidos, como si los acabaran de soltar de algún sitio muy oscuro a la luz del día. Como si fueran dos ex convictos, que acaban de pasar mucho tiempo a la sombra y ya no tienen ni idea de cómo comportarse en sociedad. Mi arrogancia está a punto de pasarle factura a mi estómago, pero me cuesta mucho mostrarme tolerante con estos dos. No sé por qué termino juzgándolos todo el tiempo. Creía que íbamos a tragar millas y a dejar que nos pasaran cosas. Como en los viejos tiempos.

Fiebre cerebral

ESTÁ CLARO QUE HUBO cierta endogamia en el Viejo Mundo entre los Bates y los Fisk, entre los Dodge y los Smith. Se ve con claridad en el Siglo XV y también antes, en lo más recóndito de la Edad Media; los Ferrer y los Lyon, caballeros normandos; también los Walker («esos bárbaros blancos», los llamaba Benjamin Franklin). Follaban todos entre primos. Salta a la vista en los árboles genealógicos. Se estaban entrecruzando. En la jerga de la cría de caballos, el término educado es «consanguinidad suave». Hoy en día es muy difícil encontrar un caballo de carreras que no tenga por lo menos un antepasado repetido en las últimas cuatro generaciones. La superstición popular sobre la misma práctica aplicada a la especie humana es que conduce a la violencia doméstica, los problemas dentales y la locura. Pero el término cortés para referirse a la locura en los viejos tiempos era «fiebre cerebral». Se repite una y otra vez en los anales de mis antepasados: «sucumbió a la fiebre cerebral, 1636, de camino a América a bordo de la goleta *Peregrine*». «Tuvo un acceso de fiebres y se perdió en el bosque, donde se cree que lo capturaron los indios Narragansett». «Lo quemaron en la estaca por tener furias de la mente y conversar con diablos en lenguas ininteligibles».

Le da a uno que pensar.

Tops

ESTOS RECUERDOS, ya casi fragmentos perdidos: con dieciséis años, trabajando para Industrias Químicas Tops, cargando bidones de cloro en camiones de plataforma verdes. ¿Alguna vez, por ejemplo, llegué a asociar el escozor brutal que sentía en los ojos por la noche y el tono amarillento que se me ponía en las manos con la higiene de las piscinas y las madres en bikini? Lo dudo. Tampoco tenía ni idea, por ejemplo, de que aquellas flores exóticas que llenaban acres enteros de la finca vecina se llamaban nada menos que *ave del paraíso*. ¿A quién se le había ocurrido un nombre así? Ni tampoco de que aquellas flores cortadas se vendían por un pastón en Los Ángeles después de hacer todo el trayecto hasta allí en tren nocturno, por entre los vientos de Santa Ana, en vagones de carga a oscuras; luego los vendedores ambulantes mexicanos las sacaban al aire matinal cargado de rocío y se las vendían a los súper ricos Wrigley y Richfield para que decoraran sus patios a la sombra. Era un chaval inocente, como se suele decir; más flaco que un palo de escoba. Los perros salían a recibirme. Las mujeres adultas me sonreían y me saludaban con la mano desde los porches. No tenía ni idea de que seguían mirándome por las ventanas de sus cocinas mientras yo atravesaba los huertos de naranjos y pasaba por encima de las vías de la línea Union Pacific.

Estas son las cosas que me vienen flotando últimamente a la cabeza. Sin venir a cuento de nada.

El día de Júpiter

(Autopista 81 Norte, Staunton, Virginia)

¿QUÉ PASÓ la última vez, a todo esto?

¿Qué última vez?

En el Cracker Barrel de Denton. Cuando te echaste a llorar sin venir a cuento de nada.

No me acuerdo.

¿No te acuerdas de que te echaste a llorar de golpe, después de pedirte aquellos panqueques de arándanos? ¿No te acuerdas?

No, no. Sí que me acuerdo, pero no me acuerdo de por qué fue.

Una vergüenza tremenda. Todo el mundo mirando. El local entero se quedó callado.

Ah, sí. Ya me acuerdo.

Hombre, cómo no te vas a acordar. Solo hace tres días.

¿Solo?

Solo.

Pues parece más.

Solo tres.

¿Cuánto tiempo llevamos en la carretera, por cierto?

Demasiado. No lo aguanto, de verdad.

No está tan mal.

Sí está mal.

¿Crees que deberíamos irnos cada cual por nuestro lado?

Ja. ¿Y qué ibas a hacer sin mí?

Me las apañaría.

¿Qué harías?

Me las apañaría.

Te las apañarías, dices. Pero si ni siquiera te puedes pedir unos panqueques sin ponerte a hacer pucheros con la cara contra la servilleta. O sea, ¿qué te ha pasado? Te has venido completamente abajo.

Estoy bien.

¡No me digas eso! ¿Qué te ha pasado? ¿Se ha muerto alguien o qué? ¿Alguien de quien no me has dicho nada? ¿Un perro, quizás?

No se ha muerto nadie. Por lo menos recientemente.

¿Entonces qué pasa? ¿Qué hay que pueda ser tan trágico?

No lo sé. Me viene y ya está.

¿El qué?

Una nube negra.

Anda, para. No me la das con tu poesía. Intenta controlarte mientras estamos almorzando. Quiero comer en paz.

* * *

¿Te quieres sentar al lado del ventanal?

Sí. Me gusta mirar los coches aparcados.

¿Qué tal así?

Bien.

¿Qué lado de la mesa quieres?

Quiero poder ver todos los coches aparcados.

Vale. Pues yo me siento aquí.

¿No te quieres sentar a mi lado, como hacíamos antes?

No, me quiero sentar aquí. Delante de ti. Para tenerte bien vigilado.

¿En caso de que me venga abajo otra vez, quieres decir?

Exacto.

No confías en mí.

No es una cuestión de confianza.

Siempre nos sentábamos el uno al lado del otro.

No es del todo verdad.

En Roswell sí.

De eso hace muchísimo tiempo ya.

Pues parece que fue ayer.

Se te ha ido la noción del tiempo al carajo.

En Roswell siempre nos sentábamos uno al lado del otro para poder cogernos de la mano y tocarnos los muslos.

¿Quieres parar de una vez con eso? A ver, ¿qué te vas a pedir?

¿Qué tienen?

Pues lo mismo que siempre.

¿Tienen los panqueques? ¿Aquellos con arándanos?

No pienso dejarte que los vuelvas a pedir.

¿Por qué no?

Porque te hacen venirte a bajo y llorar por alguna razón misteriosa que no entiendes.

No fueron los panqueques.

¿Pues qué fue?

Ya te lo he dicho, no lo sé.

Tiene que haber alguna razón.

La hay. Simplemente no sé cuál es.

¿Cómo es posible? ¿Cómo puede ser?

* * *

¿Hoy es jueves?

Creo que sí.

Pues entonces deben de tener pollo con arroz. Lo pone aquí, mira: «Plato especial del jueves: pollo con arroz».

¿Es lo que vas a pedir?

No lo sé.

Pues decídete. Ya está viniendo la camarera.

¿Sabes de dónde viene el nombre del jueves?

¿Qué?

«Jueves». El nombre del día. ¿Sabes de dónde viene?

No tengo ni idea.

De la mitología.

¿Ah, sí?

Sí. «Día de Jove». Jove, que es otro nombre de Júpiter.

¿Júpiter? Ese era griego, ¿no? El dios de los griegos o algo parecido.

No, latino. El padre de los dioses latinos.

¿Qué pasa, que los demás eran sus hijos?

Los demás eran hijos suyos.

No puede ser.

Alguno le nació de la pierna.

¿De la pierna?

Sí.

¿Lo parió con la pierna?

Sí.

¿Y por qué?

Porque lo había sembrado allí.

Muy bien. ¿Vas a pedir el pollo con arroz o qué?

Se lo sembró en el muslo para gestarlo.

¿Dónde carajo está la camarera?

Lo gestó dentro del muslo, y otra hija suya, Minerva, le nació de la frente.

No me puedo creer que dejen a la gente aquí sentada sin más.

Se dio cuenta de que la tenía en la cabeza cuando le dio una migraña.

Me voy a buscar a la camarera.

¡No! ¡No te vayas!

Ahora vengo.

¡No te vayas, por favor!

Para, hombre. Vuelvo ahora mismo.

¡Por favor!

¡Oh, Dios mío! ¿Qué te estaba diciendo? A esto me refería justamente. Mira, estás temblando.

No te vayas.

¡Suéltame la muñeca!

¡Por favor!

¡Suéltame! ¡Me haces daño!

Lo siento.

Me has hecho sangre. ¡Mira!

Perdón.

Me voy a al coche.

¿Qué? ¿Por qué?

Te voy a esperar en el coche.

Pensaba que querías almorzar.

Ya no. Se me ha pasado el hambre.

Por favor, venga. Quiero almorzar.

Déjame que te diga una cosa, y si no te la he dicho antes es porque no creía que lo fueras a poder encajar. Tenía miedo de que te vinieras abajo otra vez, pero ahora veo que es imposible seguir con esto... sobre todo después de lo que me acabas de hacer en la muñeca. Quiero que sepas que creo que hemos... llegado al final de nuestra relación. Y no hay más que hablar. Hemos llegado al final. ¿Qué más se puede decir?

¿Y qué voy a hacer ahora?

Pero si me has dicho que te apañarías. Lo acabas de decir: «me apañaré».

No lo decía en serio.

Ya no puedo seguir con esto. En serio. Mira lo que me has hecho en la piel.

Lo siento.

Es como si me la hubiera mordido un animal. ¡Mira esto! ¡Mira la sangre! Está lleno de sangre.

Voy a por hielo.

¡No! Ya has hecho suficiente daño.

Ten, coge esta servilleta. Envuélvete la muñeca.

¡Que no!

Ah, aquí viene la camarera. Por fin. Ya viene. ¡Aquí!

Te espero en el coche.

¡Aquí, señorita! ¡Queremos pedir!

Me voy al coche.

No, que ya viene la camarera. ¡Mira! Ya viene.

Me voy al coche.

¡No!

* * *

Lo siento, señor, no lo había visto aquí sentado en el rincón. Medio escondido.

No pasa nada.

¿Quiere saber cuál es el plato del día?

No.

¿Ya sabe lo que quiere, pues?

¿Es demasiado tarde para pedir los panqueques de arándanos?

Lavabo de hombres del Cracker Barrel

(Autopista 90 Oeste)

TENGO ENTENDIDO que hubo una vez un hombre que se quedó atrapado en el lavabo de hombres de un restaurante Cracker Barrel. (Ya he oído la historia tres o cuatro veces en varias tiendas y gasolineras de las afueras de Butte, o sea que algo de verdad debe de haber). El hombre estaba intentando cagar en paz en uno de esos cubículos extragrandes para minusválidos (aunque él no lo era). Le gustaba tener espacio de sobra a su alrededor, además del pasamanos de aluminio y los ganchos para colgar la gorra y la chaqueta. Estando allí debió de llegar la hora del cierre, y resulta que el encargado nocturno lo encerró allí por error y también se dejó encendido el equipo de música, y parece ser que estuvo sonando toda la noche un bucle interminable de canciones de Shania Twain. Sonaron canciones de venganza y de largarse con viento fresco; canciones sobre todas las variantes posibles de infidelidad y sobre vaqueros borrachos que maltrataban a Shania; baladas lacrimógenas que contaban juventudes llenas de privaciones; canciones sobre la incapacidad de los hombres para percibir los encantos ocultos de ella; y canciones en las que se negaba a seguir siendo esclava de los caprichos masculinos, como por ejemplo hacer tostadas, fregar los platos, lavar la ropa, freír un huevo y hacer la compra. Shania no quería saber nada de todo aquello. También tenía canciones repletas de elogios a su madre y de plegarias por su hermana pequeña, por su tía-abuela, por su cuñada y por la cuñada de su hermana. Canciones donde alababa a Dios por hacerla mujer. Donde alababa a Jesús por haberle dado aquel cuerpo espectacular y aquella melena roja exuberante que le llegaba al culo exuberante. El hombre intentó desesperadamente escapar del lavabo de hombres del Cracker Barrel. Probó a desmontar las bisagras de la puerta con su fiel navaja suiza. Probó a aporrear las paredes. Probó a desgañitarse a gritos, pero no había nadie. No había ni lavaplatos ni camareros ni cajeras ni portero ni encargado de noche; no había nadie más que Shania Twain, una y otra vez y otra y otra. Imposible escapar de aquella tortura. El hombre se desplomó al suelo de azulejos con actitud resignada y trató de quedarse dormido, pero no hubo manera. La voz de Shania lo provocaba y lo torturaba. Le arañaba los oídos con sus largas garras plateadas. Se levantó con esfuerzo del suelo y abrió todos los grifos al máximo. Aporreó todos los botones de los secadores de manos. Tiró de la cadena de todos los retretes, pero nada sofocaba aquella voz penetrante. Siempre la oía trinar de fondo, lloriqueando con tristeza empalagosa. Intentó subirse a la tapa del retrete y desatornillar el altavoz, pero después de quitar todos los tornillos con su leal navaja suiza se cayó de espaldas al suelo y se clavó la navaja abierta. Tuvo un espasmo de dolor y consiguió arrancarse la navaja del muslo izquierdo, pero la sangre le manó a chorros sobre el agua encharcada de los lavabos desbordados, y ahora encima empezaba a levantarse vapor como de una ciénaga primordial. El hombre se arrastró por el charco cada vez más teñido de rojo en dirección a la puerta, berreando como un animal en el matadero. Dio una patada con la pierna ilesa, agitó los brazos y gritó una última vez, pero no contestó nadie; nadie más que Shania Twain y su estribillo infinito. Por fin se rindió del todo e hizo algo que no había hecho en su vida. Rezó. Le rezó a Jesús para que detuviera la hemorragia. Le rezó a Dios para que le trajera un poco de paz y silencio. Rezó para que alguien lo encontrara antes de que se ahogara en sus propios fluidos. Y entonces pasó algo milagroso (y esto lo han verificado por lo menos dos testigos, limpiaventanas que estuvieron presentes en aquella misma escena): se abrió lentamente la puerta del lavabo de hombres y apareció Shania Twain en persona, plantada ante el hombre con su cuerpo espectacular, con su pelo rojo espectacular, con sus labios espectaculares, con sus tetas espectaculares. Cantando a pleno pulmón. Cantando como si se fuera a acabar el mundo. No pareció ver al hombre que yacía en el suelo, desangrándose. De hecho, le pisó el pecho con sus zapatos de satén verde de tacón de aguja y siguió cantando como si nada. Parecía estar concentrada en algo que había muy a lo lejos, pero con tanto vapor costaba ver qué era.

Cara

LA OTRA GRAN PREGUNTA que tengo, y creedme que tengo muchas, es esta: una cara solo es una cara mientras esté unida a los músculos y al flujo sanguíneo del cuerpo; y a su vez ese cuerpo y ese flujo sanguíneos están unidos a la persona. En cuanto separas la cara del cuerpo y la extiendes sobre un tablero de fórmica, ya no es lo mismo. No es una cara. No es una persona. Es un pellejo o algo parecido. Un despojo. Un trofeo. No sé. ¿No estáis de acuerdo? Ciertamente ya no es reconocible como parte de un ser vivo. No es identificable. Así pues, ¿a quién se le ha ocurrido esta mierda? Puede que esto funcionara en los tiempos de la frontera, cuando estábamos persiguiendo a los apaches en Arizona, pero estamos en el siglo veintiuno, por el amor de Dios.

Costello

Cometí el craso error de regresar a mi pueblo después de no haberme acercado por allí en más de cuarenta y cinco años. ¿Por qué hacemos esas cosas cuando sabemos perfectamente que solo nos van a traer dolor y tristeza? Supongo que me movió una especie de curiosidad morbosa. Las calles insulsas. Los árboles ahora más crecidos. Los porches a los que solía tirar el periódico de la mañana desde el manillar de una Schwinn naranja. ¿Por qué iba alguien a darse un paseo voluntariamente por su pasado lejano, más que para torturar al recuerdo de un yo largo tiempo perdido?

Llegué bastante rápido al final de ese proceso; nada más ver nuestra antigua casa de adobe estucado vomité literalmente en el jardín de delante, allí donde antaño había habido un toldo de lona roja, ahora reemplazado por un letrero que anunciaba un negocio de taxidermia bajo la cabeza de un antílope americano. No fue la idea de aquella fauna sacrificada lo que me afectó tanto; fue la de mi juventud sacrificada.

No pude encontrar el sitio donde había aparcado el coche y terminé dando tumbos por el arcén de la Autopista 66, que ahora tenía un nombre nuevo que yo era incapaz de pronunciar. Algo que rimaba con los Vientos de Santa Ana en español macarrónico. Me mareó el simple hecho de intentar repetirlo mentalmente. El tráfico pasaba volando en oleadas de urgencia anónima, como si todo el mundo estuviera yendo a toda prisa a algún gran festival final en el desierto. Yo era el único que iba a pie. Me detuve y miré en todas direcciones en busca de algún otro peatón; no había más movimiento que los coches y las luces de los semáforos. Divisé la única estructura que pude reconocer de mi infancia: un local viejo y gris de dónuts llamado Krispy Glaze, adonde yo iba a matar el rato después de clase solo para contemplar a las rubias impolutas con sus coletas y sus faldas con vuelo. No me podía creer que siguiera en pie. Cuando entré por la puerta de cristal, me resonó por encima de la cabeza un cencerro en miniatura, despertando sensaciones de anhelos adolescentes. El mismo cencerro, las mismas sensaciones. Pedí un café solo, un dónut glaseado y un vaso de agua para quitarme el regusto rancio del vómito. Me senté en un rincón, igual que antaño. El mismo rincón. Con las mismas vistas. Una perspectiva que llevo mucho tiempo cultivando: de espaldas a la pared y con una visión clara de todo lo que se me mueve delante. Estilo jugador de póquer. La única otra persona en el local era un hombre más o menos de mi edad, vestido con traje de sarga azul y corbata negra y sentado en un reservado de la otra punta. No me había fijado en él al entrar; si lo hubiera visto allí sentado habría elegido una ubicación más apartada. Cuando estoy mirando furtivamente a los demás, prefiero que no me miren a mí. Mi obsesión con la observación no es ninguna broma. Me gusta tomar notas. Apuntar cosas. La forma que tenía el tipo de marcar las casillas del *Racing Form*, por ejemplo, dando golpecitos con la muñeca y lamiendo la punta del lápiz. ¿Quién usa lápiz hoy en día? Además, mi cuadernillo me daba la coartada de parecer enfrascado en mis pensamientos, escondiendo el hecho de que en realidad estaba vigilando todos sus movimientos. Echar vistazos furtivos es todo un arte. La clave es buscar los momentos oportunos. Hacer ver que toda tu atención permanece absorta en tu cuaderno, cuando en realidad estás al acecho; esperar el momento en que tu sujeto coge la taza de café o bien da un bocado al dónut y después se relame descaradamente el azúcar pegajoso de los dedos, sin dejar de escrutar la página de los entrenamientos matinales. Esos son los lapsos largos que aprovechas para examinar en profundidad la esencia del hombre; los que te permiten ver el origen de sus cuitas sin que él se dé cuenta. Aun así, hay que mantenerse constantemente alerta; con cuidado de que no te pille con una mirada rápida. En un abrir y cerrar de ojos se puede dar cuenta de que eres su testigo, y entonces empezará a alterar sutilmente todas sus manifestaciones, a desplegar la ilusión de que dispone de un control absoluto sobre su carácter, o incluso algo peor: se volverá hostil y paranoico. Lo he visto antes. La gente odia que la miren. Odia sentir miradas posadas en ellos; que alguien los vea como son y no como imaginan ser. Hay muy poca gente capaz de soportar esa mirada insolente, salvo los niños menores de cinco años. O por lo menos esa ha sido mi experiencia.

A menudo, por mucho cuidado que tengas, y aunque te hayas ejercitado en la cautela, el peligro se presenta en abundancia. Y eso fue exactamente lo que pasó. Que el tipo me pilló mirándolo. Me había quedado tan fascinado con la superficie y los contornos de su cara salpicada de profundas marcas de viruela que había bajado por completo la guardia. El hombre me clavó una mirada de aversión, agarró el periódico con furia y lo levantó para ocultar su cabeza entera. Mi primer impulso fue salir corriendo; abandonar sin más mi dónut Krispy Glaze a medio comer y escabullirme como un perro apaleado. Pero era consciente de que eso todavía me haría más sospechoso. Seguía sin tener ni idea de dónde había aparcado el coche, y no estaba dispuesto a seguir alejándome por el arcén de la autopista solo para que me pegara un tiro por la espalda un loco con marcas de viruela y traje de sarga azul. Ya desde el principio me había parecido notar algo intrínsecamente violento en él. Era un olor, que se notaba incluso a través del local vacío. Iba bañado en *aftershave* y colonia baratos que, si te acercabas demasiado, seguramente te irritarían los ojos. Y el traje y la corbata negra: ¿quién llevaba aquella clase de atuendo hoy en día, más que los granujas buscavidas y los matones a sueldo? Los tíos asquerosos que vendían fotos de esposas de hombres de negocios follándose al chaval de la caja registradora en el aparcamiento. Noté que el hombre me estaba apuñalando a distancia con la mirada. Mantuve la barbilla pegada al pecho y la vista clavada al cuaderno, como si estuviera estudiando los secretos de Osiris o algo parecido, aunque era consciente de haber inflamado su paranoia. Su agitación ya era palpable, pero todavía se volvió más insistente. Se me ocurrió que aquel tipo podía ser cualquiera. ¿Y si era miembro de algún cártel? De alguna organización criminal. Nunca se sabía. Y menos allí, en el culo del mundo. Exactamente la clase de territorio donde les gustaba operar. Semirrural. Con toda clase de pesticidas agrícolas al alcance de cualquiera. Fertilizante. Metanfetamina. Bombas. Podría ser cualquiera. El *Racing Form* ya me debería haber hecho sospechar. El hipódromo de Pomona no quedaba lejos. En mis años de instituto yo había trabajado allí, de mozo de cuadra. Había visto con mis propios ojos a la escoria de la tierra, reclinada en las barandillas, deambulando por entre los cobertizos. Sabandijas humanas en quienes no se podía confiar ni para que te dieran la hora. Este podía ser uno de ellos. O algo peor. ¿Y si me tomaba por testigo, y no en el sentido en que he usado antes la palabra, sino por testigo de algún crimen horrible que él había cometido? Me estoy dejando llevar por la imaginación, me dije a mí mismo. Tendría que haber confiado en mi instinto y no haber vuelto aquí jamás. Este lugar nunca me ha traído suerte. ¿Cómo se me ocurría venir?

Y de pronto sucedió lo peor. El hombre dejó su periódico de un golpe sobre la mesa, cerró los puños encima de la sección de «resultados anteriores» y se puso de pie. Se sacudió las migas de dónut de las solapas de la americana y echó a caminar hacia mí. Yo no levanté la vista para nada del cuaderno, pese a ser intensamente consciente de todos sus movimientos. Mi corazón mantenía una calma extraña. El hombre se detuvo en seco frente a mí y las oleadas de colonia me obligaron a contener la respiración.

—¿Se supone que te *conozco* o algo así? —dijo, haciendo énfasis en la palabra «conozco» como si tuviera connotaciones profundas. Intenté mirarlo desde abajo con expresión perpleja pero tranquila.

—¿Perdón? —dije.

—Me estabas mirando.

—Oh, lo siento.

—He pensado que quizás me habías reconocido de algo.

—No... no, estaba... mirando tu *Racing Form*.

—¿Qué le pasa? —me dijo con frialdad.

—Ah, nada, solo... me preguntaba dónde lo habrías cogido. Yo también estaba buscando uno.

—En el Dewey's. La licorería.

—Ah, genial. Iré allí a coger uno, gracias.

—¿Conoces el Dewey's? ¿Delante del Oasis?

—Lo encontraré —le dije.

—¿Seguro que no te conozco de nada?

—Creo que no, no.

—¿Del hipódromo, quizás?

—No, no soy de aquí.

—¿Pues de dónde?

—Hum, del este.

—¿Del este?

—Sí, de Vermont.

—Ah, mira. Sirope de arce, ¿no?

—Sí.

—Y frío.

—A veces, sí.

—¿Y qué haces aquí?

—Ah, pues... no sé. Dar tumbos.

—No hay gran cosa por aquí, ¿verdad?

—Bueno...

—Nunca ha habido nada. Almas perdidas que acaban en el desierto. Así las llamo. Almas perdidas.

Solté una risilla, como si me hubiera contado algún chiste local. El hombre chasqueó la lengua por lo bajo, como si le estuviera indicando a un caballo que echara a galopar. Me pregunté si conseguiría deshacerme de él.

—Juraría que me suena tu cara de algo —siguió diciendo—. ¿Has salido en alguna película?

—¿Cómo? —dije, genuinamente estupefacto—. No.

—Eres idéntico al tío ese... ¿cómo se llama?

—¿Qué tío?

—El tío ese que hace películas. ¿Cómo se llama? Podrías ser su doble.

—¿En serio? —dije.

—Sí. ¿Sabes de quién te hablo?

—No.

—¿Alguien te ha dicho alguna vez que te pareces a él?

—Sí. A veces.

—Pensaba que me habías dicho que no sabías de quién te hablaba.

—Bueno, no... claro. O sea...

—¿Sabes que antes vivía en este pueblo? Yo fui al instituto con él.

—¿Quién?

—El tipo del que te hablo. El de las películas. Se marchó y se cambió el nombre. Por eso no me acuerdo. Ahora tiene un nombre inventado de Hollywood. Antes se llamaba Billy Rice. Bueno, yo al menos lo conocí por ese nombre.

—Billy Rice —murmuré, como si me fallara la memoria.

—Eso mismo. ¿Te suena?

—No. Ni idea.

—Pues mira, te pareces a él. Eres clavado.

—Carajo.

—Hay mucha gente que se cambia el nombre. Aunque por razones distintas. El anonimato. Esa es la clave.

—Ajá.

—¿Te importa si me siento? —dijo, y no pude hacer nada para impedírselo. Se agazapó al otro lado de la mesa de formica, como si se me fuera a tirar al cuello en cualquier momento. Juntó las manos con naturalidad frente a sí, entrelazando los gruesos dedos. Noté que me taladraba con la mirada, pero me sentí incapaz de mirarlo a la cara.

Me mantuve concentrado en sus manos, confiando en que todo aquel encuentro se terminara igual de deprisa que había empezado. Nunca había visto semejante colección de anillos en las manos de un varón adulto. Le centelleaban todos los dedos. Incluso el pulgar de la mano izquierda se lo ceñía una serpiente de plata con ojos diminutos de rubí. Y no paraba de frotarse aquel pulgar lentamente contra el nudillo del otro, con un ritmo suave e hipnótico, como si se estuviera preparando para golpear.

—Sí, fue raro. Hace mucho ya. Billy. Íbamos mucho juntos.

—¿En serio? —dije.

—Y de pronto me lo encontré allí, en la gran pantalla. De improviso. Casi me cago encima.

—Debió de ser una sorpresa.

—Pues sí. Me recuerdas mucho a él. Mayor, claro, pero es que han pasado cuarenta y cinco años.

—Sí que es mucho tiempo.

—Ya lo creo. Anda que no ha llovido. Por entonces nos emborrachábamos como apaches. Muy loco. Aunque creo que él era medio algo. Tenía sangre de alguna tribu. La misma mirada furtiva. No se podía beber un dedal de whisky sin intentar violar al pueblo entero.

—¿Ah, sí?

—Sí, era un bala perdida. Para ciertas cosas no conocía el miedo. Aunque claro, la valentía y la chifladura solo están a un pelo de coño de distancia. Hacíamos toda clase de chanchullos. Robábamos coches y los llevábamos a México. Los desmantelábamos y vendíamos todas las piezas. Ganábamos un pastizal. Y allí abajo comprábamos bencedrina a sacos. La vendían sin receta. Sin pedirte identificación ni carnet ni nada. Por entonces podías hacer lo que te diera la gana. Abiertamente. Putas. Pastillas. Esclavos. Lo que quisieras.

—¿Esclavos?

—Niños. Los contratabas en la calle misma para que te hicieran un trabajo. ¿Sabes de qué te hablo?

—Sí, sí.

—¿Necesitabas cortarle la polla a alguien? Ellos te lo hacían. Y barato. Cinco o diez pavos. Estaban desesperados.

—Colega...

—¿Te crees que estoy de broma? Billy te lo podría confirmar. Seguramente todavía podría chantajearlo amenazándolo con contar la mitad de las cosas que hicimos en aquella época. Si supiera dónde encontrarlo, al muy cabrón, claro. Toda una estrella de cine. Con nombre nuevo y todo. Mujeres de lujo. Coches Corvette. He oído decir que tiene una colección entera de Sting Rays de época en un garaje de Malibú. El mismo coche que revendíamos. El mismo modelo exacto. Con un pedazo de motor 454. Árbol de levas superior. Se vendían como churros allí en Tijuana. Me lo pasaba en grande, te lo aseguro. Chavalas. Unos antros que no te creerías. Cuando entrabas tenías que dejar bien claro que llevabas pipa o bien te rajaban como si fueras un cebo para pescar. Y menudas cosas veíamos: chavalas follándose a perros y a burros en el escenario. Bajo los focos. Nubes de polvo de talco flotando. Hombres con tacones que, si no andabas con cuidado, te podían engañar para hacerte una paja. Y no se pagaba entrada. Solo las copas y las propinas. Y nosotros que teníamos dieciséis años y no sabíamos ni papa de español. Luego volvíamos a cruzar zumbando la frontera, normalmente perseguidos por algún chicano apestoso y nos metíamos directamente en la licorería americana. Nos poníamos de pie encima de algún coche aparcado y le hacíamos peinetas de lado a lado del Río Grande. Qué tiempos aquellos. Aquello sí que era pasarlo bien.

Se interrumpió de golpe y se quedó mirando la autopista a través del ventanal, como si buscara algún hilo de conexión perdido. Cambió de posición las manos y ahora fue el pulgar derecho el que terminó encima del izquierdo y emprendió el mismo frotamiento metódico. La voz le cambió y le bajó una octava:

—Nunca en la vida me habría imaginado que acabaríamos yendo en direcciones tan distintas. Es el destino, supongo. O sea, que el tío acabara en ese rollo de Hollywood. Famoso y toda la pesca. Saliendo en portada de todas las revistas. Ya sabes... Y yo, en fin, aquí sentado, mirando por la ventana.

—Sí —dije, intentando distender el momento—. Nunca se sabe cómo va a ir la vida.

—En eso llevas razón —dijo, y se puso de pie tan de golpe como antes, sacudiéndose migas imaginarias de la chaqueta solo por hacer algo. Se quedó mirándose la corbata y se la ajustó, apretándose un poco el nudo—. Bueno, encantado de conocerte. Perdón por la interrupción. Parece que estabas ocupado tomando notas ahí.

—Sí... no... solo estaba apuntando cosas. Es un hábito que tengo. Ya sabes...

—En fin, pues deberías intentar pillar las películas del tipo ese. Billy Rice, o como sea que se llame ahora. Te pareces un montón a él.

—Sí, lo haré. Las buscaré.

—Puedes comprarte los DVD en el mismo Dewey's cuando pases a coger el *Form*. Los he visto en los estantes. Debe de salir en una docena de ellos.

—Lo haré —dije, y de pronto me ofreció la mano desde el otro lado de la mesa.

—Me llamo Costello. Eddie Costello. Parece italiano pero en realidad es irlandés. Del condado de Cork. —Esbozó una vaga sonrisa cuando le estreché la mano y sentí la mordedura de la serpiente de plata sobre mis nudillos. Fue rápida y letal y después me soltó.

—Pete... Pete Davis. —El nombre me salió de no sé dónde.

—Galés, ¿no?

—¿Cómo? —dije, y el corazón me dio un vuelco. Le miré a los ojos por primera vez y vi aquello que más había temido. Se le había ido toda la luz de aquellos ojos.

—El apellido Davis —repitió—. Es galés.

—Supongo... sí.

—En fin; buena suerte en las carreras, si es adonde estás yendo. Hoy solo corre un puñado de candidatos a acabar siendo comida para perros. No podrían ganarle ni a un gordo cuesta arriba.

—Gracias —le dije mientras se retiraba a su rincón, recogía el periódico doblado y lo inclinaba hacia mí como solían hacer los hombres con sus sombreros en los años 40. Cuando salió por la puerta de cristal, el pequeño cencerro emitió el mismo tañido metálico que antes y me subieron por la piel las mismas sensaciones inquietantes. Esta vez más atenuadas. Lo vi atravesar el aparcamiento hasta un sedán Ford Galaxie azul, y mientras se sacaba las llaves del bolsillo expulsó un pequeño salivazo por entre los dientes de delante. Le salió disparado en forma de chorrito marrón. Me acordé de que siempre hacía aquel mismo gesto antes de que mangáramos un coche y saliéramos pitando hacia la frontera. Justo antes de que nos metiéramos en los líos en que nos metíamos.

Cronología

28 AGO. La policía encuentra once cadáveres decapitados en las afueras de Phoenix. Todos esposados. Uno de ellos está desnudo y muestra señales abundantes de torturas.

12 sep. La policía encuentra veinticuatro cadáveres, quince de ellos decapitados y muchos con indicios de tortura, en un campo situado al oeste de Laredo. La mayoría con disparos en la cabeza.

1 oct. Aparecen ocho cadáveres con disparos en la cabeza y otros dos decapitados tirados junto a una escuela primaria en El Paso. Una de las cabezas tiene una nota grapada en la lengua que dice: «Aquí está tu gente, cabrón ¡Ven a buscarla!».

12 dic. Se encuentran las cabezas de ocho soldados y de un ex jefe de policía en un solar vacío contiguo a un Kmart de Tucson. Una nota dice: «Por cada uno de los míos que mates, yo mataré a diez soldados».

Vergüenza

Cuando era niño y llevaba eucaliptos en el bolsillo y la camisa me olía igual que los perros que corrían a mi lado, cada vez que mataba a un animal, daba igual que fuera con arco, escopeta o cuchillo, me lo llevaba a la cocina y lo tiraba en el suelo. Para presumir, imagino. ¿Para qué si no? Para dármelas de cazador. Goteando sangre. El olor a carne cruda. Una serpiente. Un conejo. Una paloma. Una ardilla decapitada. Mis hermanas salían corriendo, invariablemente. Mi madre lloraba en silencio, recogía al pájaro muerto y lo sostenía inerte con la mano curtida. No recuerdo sentir nunca vergüenza. No recuerdo sentir nada. Quizás llegado aquel punto ya me había muerto. Y volvía a salir, en busca de más presas.

Esmeralda y el martillo al aire

(Autopista 152, *continuación*)

ME ESTÁ DISTRAYENDO mucho una camarera mexicana extremadamente guapa que hay aquí, y que descubro que se llama Esmeralda. Lleva un delantal pequeñito de color rosa y con volantes por encima de los vaqueros ajustados y se dedica a rellenarme la taza de café sin que yo se lo tenga que pedir. Tiene una sonrisa que parece una salida del sol y eso que el viejo vaquero Jones solía llamar un «culo cebolla», porque «te da ganas de echarte a llorar». De hecho, me recuerda a aquella chica mexicana pequeñita con la que se lía Kerouac en las páginas de *En la carretera*. Es mi parte favorita del libro entero; cuando la conoce en el autobús de Los Ángeles y se sienta a su lado y terminan viviendo con los padres de ella y con su familia entera en alguna parte del Valle de San Joaquín, seguramente no muy lejos de aquí. Los parientes de la chica son trabajadores migrantes procedentes del Desierto de Sonora, y viven todos en una pequeña choza de una sola habitación, sin hablar inglés. El caso es que durante un tiempo Jack parece completamente feliz, trabajando con ella en los campos bajo el sol abrasador, cortando lechugas y tirándosela en silencio en la oscuridad de la choza para no despertar a la familia y exponerse a que lo degüelle el padre. Es agradable imaginarse a Kerouac así de feliz durante una temporada, considerando lo hecho polvo que terminó al final; viviendo con su madre en Florida e inflándose la panza con vino. No me acaba de convencer Kerouac como hombre, como persona. Seguramente, nunca te acabará de convencer alguien que supuestamente ha escrito un libro importante que tanta gente dice que le ha cambiado la vida. Eso tampoco lo veo claro: que te pueda cambiar realmente la vida algo que ha escrito alguien. Lo dudo. Quizás durante un rato. Un día o dos sí; ¿pero la vida entera? Me cuesta creerlo. En cualquier caso, una vez coincidí con un tipo que había conocido a Kerouac y que también había tenido la suerte de conocer a Woody Guthrie y le había hecho muchas fotos en los últimos días de su vida. Ya sabes, esos severos retratos en blanco y negro en los que Woody mira estoicamente a la cámara, con aquel tupé enorme y un poco ridículo que creo que debió de inspirar a Lyle Lovett. Así pues, cuando aquel tipo conoció a Kerouac le dijo que su escritura le parecía genial y que le recordaba mucho a las canciones de Woody, que las canciones y *En la carretera* parecían construir una armonía perfecta sobre la desolación americana. Sin embargo, según me contó aquel tipo, a Kerouac no le sentó nada bien la comparación. De hecho, se indignó, le entró la beligerancia (seguramente debía de estar como una cuba) y se puso a gritarle al tipo: «¡Woody Guthrie es un simple cantante folk! ¡Yo soy un poeta, como Rimbaud y Verlaine! ¡Soy un poeta, joder!». Aquello hizo que durante un tiempo cambiara mi opinión de Jack, aunque no puedo estar seguro de que la historia sea cierta, yo no estaba presente. No te puedes fiar demasiado de las habladurías, aunque sí que me encontré una vez a Cassady en los años 60, en un garaje en la Calle Haight, y era exactamente tal como lo retrataba Kerouac; loco como una regadera y jugando a tirar al aire un martillo de carpintero y a atraparlo cada vez por el mango. No decía ni una palabra; se limitaba a tirar aquel martillo al aire y a morderse el labio inferior. Para que luego hablen de las anfetas. Me dejó impresionado. Esta pequeña camarera me está volviendo loco.

John y Dennis vuelven a entrar dando tumbos en el café como si fueran Abbott y Costello justo cuando estoy pagando la cuenta y tratando de sacarle su número a la camarera. Entran a los tropezones y se entremeten como si no estuviera pasando nada entre la chica y yo. Ni siquiera se dan cuenta de que estoy a punto de pescar algo. Así de idos los ha dejado su atracón de drogas. Quién sabe qué combinación se están metiendo ahora. Para que luego hablen de la conciencia intensificada y de todas esas chorradas que dice Timothy Leary. Dennis tiene una sonrisa de memo enorme en la cara y lleva en la mano una especie de parche de San Juan Bautista que se ha comprado en una tienda de suvenires, con amapolas de California de color naranja intenso bordadas sobre un fondo azul celeste. Una baratija para turistas que se ha agenciado en pleno colocón de marihuana. Se lo pone delante de las narices a Esmeralda, sonriendo de oreja a oreja, como si ella nunca hubiera visto algo tan espectacular. Seguramente Esmeralda ha nacido y se ha criado aquí, pero Dennis se lo enseña como si fuera algo maravilloso y único. Esmeralda se gira para mirarme, con una cara inexpresiva en plan: «¿Pero qué le pasa a tu amigo?». Consciente de que mis posibilidades con la encantadora Esmeralda se acaban de esfumar, le dejo una propina cuantiosa y todos salimos a la ardiente luz del día.

Ofensiva de Tet

ERA EL PUNTO ÁLGIDO de la ofensiva de Tet y estaban huyendo hacia el oeste por las lúgubres llanuras de Saskatchewan al volante de un Karmann Ghia descapotable de alquiler. Ahora se acuerda, aunque es completamente incapaz de recordar de qué estaban huyendo. Todavía los recuerdo perfectamente, extremadamente jóvenes, con la capota bajada en medio del viento tórrido de la pradera. La paranoica de la chica estaba tan embarazada que había perdido por completo el control de la vejiga. Apenas tenía dieciséis años y lo único que leía durante el trayecto eran tebeos de *Conan el bárbaro* y *El avispón verde*, mientras él fumaba sin parar cigarrillos Lucky Strike y mantenía pisado el acelerador del Ghia. Cada diez millas aproximadamente, a la chica le hacía una gracia insoportable algo que encontraba en los tebeos y se ponía a soltar risas histéricas y a mearse por todo el asiento baquet. Luego se ponía a amontonar mantas, cojines y tebeos viejos debajo de sí para absorber la humedad, que la aupaban por encima del marco del parabrisas, y el pelo rojo se le agitaba hacia atrás con tanta violencia que parecía que el viento le fuera a arrancar la cabeza y a llevársela rebotando por la autopista. En aquellos tiempos, cada momento tenía potencial de aniquilación total.

Vil metal

NADA MÁS VER la cara del muerto sujeta con chinchetas a la puerta de la habitación del motel, se empezaron a partir de la risa. Yo no me lo podía creer. A reírse y a señalarla. Después de tanto tiempo y tantas dificultades, allí estaban, descojonándose, como si todo aquello fuera un simple intento infantil de inventarse un juguete. Humillante, por no decir algo peor. «No te esperarás de verdad una recompensa por algo así, ¿verdad?». Eso me dijeron. A la cara. «Pero mira: ni siquiera se puede reconocer que es el mismo hombre». Que era exactamente lo que yo llevaba todo aquel tiempo intentando explicarles, y ahora me lo estaban echando en cara, como si se les hubiera ocurrido *a ellos*. Les dije que, si le arrancas la cara a alguien, lo más seguro es que esa cara experimente toda clase de alteraciones: encogimiento, desintegración en los bordes, distorsiones de la boca y de los orificios oculares; incluso el color —el tono de la piel— se puede alterar. Por ejemplo, un hombre amarillo se puede volver negro y viceversa. Nunca se sabe. Pero no, no habían querido oír ni una palabra del tema. Lo único que tenían en la cabeza era eliminar al objetivo. Hacerlo desaparecer. Ya mismo, o antes. De forma que hice lo que me dijeron. Y ahora estaban intentando echarse atrás descaradamente. Les dije a las claras que no tenían ni idea de con quién estaban tratando, y que, si no tenían cuidado, algunos de sus otros pequeños «proyectos» podían empezar a salir a la luz misteriosamente. Vestigios de apéndices tirados descuidadamente al arcén de la Interestatal 35, por ejemplo. O algún pedazo de algo procedente de aquel siniestro incidente de Arkansas. Nunca se sabe. Si no llevaban cuidado, todos aquellos artículos podían volver a la vida y morderles la mano. A la mañana siguiente, me pasaron el dinero por debajo de la puerta dentro de un sobre de papel manila sellado. Sin nombre ni nada. Vil metal, contante y sonante.

Reflexiones junto a la piscina en el soleado Los Ángeles

A *SANGRE FRÍA* ha tragado muchas millas últimamente. ¿Y ahora se dedican a reponer películas antiguas de Robert Blake porque lo están juzgando por matar a su mujer y haciendo imitaciones de pollos en la sala del tribunal para las cámaras? ¿Por qué no traemos de vuelta los linchamientos públicos y acabamos de una vez?

Por mi mesa no paran de revolotear unos pajarillos —creo que se llaman gorriones— en busca de migas. No tengo migas y, aunque las tuviera, no permitiría que se las comieran unos pájaros silvestres. No estoy a favor de convertir a las criaturas salvajes en mascotas. En pájaros malcriados. Donde yo vivo los pájaros no se parecen en nada a estos, ya lo sabes. Todos nuestros pájaros tienen cierta envergadura y muestran respeto al mal genio de los humanos. ¿Cómo ha acabado el término «respeto» siendo sinónimo de «miedo»? Cada vez que hay un asesinato, el sospechoso dice: «Quizás ahora mostrarán un poco de respeto».

Seminole, Texas

balas y balas
de algodón
grandes como vagones de carga
tela gris de plástico al viento
bandadas y bandadas
de cuervos
radio cristiana
filamentos de tungsteno
dónuts y Texaco
dónuts de color rosa
y Texaco

la Carretera no es una Película
no lo es
no lo es

Las Vegas, Nuevo México

CORRE UN DICIEMBRE FRÍO y el aire alto de las montañas trae ese familiar aroma dulzón a pino. Se acaban de encender las ristras de lucecitas de Navidad en la vieja Las Vegas Plaza, delineando el contorno de los enormes álamos sin hojas. Los cuervos bajan planeando a la glorieta vacía. No sé qué pueden estar buscando. Uno se posa en la placa de bronce que conmemora el discurso que dio Stephen Watts Kearney en agosto de 1846, cuando subió a lo más alto de una aldea que había aquí y se dirigió a la plaza llena de perplejos ciudadanos mexicanos, algunos de los cuales no habían visto nunca a un hombre blanco y no sabían nada de un lugar llamado «Estados Unidos de América»: «Me presento ante vosotros por orden de mi gobierno para tomar posesión de vuestro país y extender a él las leyes de los Estados Unidos». Tras enumerar una larga lista de razones por las cuales esta idea debería resultarles atractiva, entre ellas el ofrecimiento de una mejor protección de la que podía ofrecer el gobierno mexicano contra los ataques salvajes de los indios navajo, lo remató todo con una tosca amenaza: «A quien descubra empuñando armas contra mí, lo ahorcaré».

Desde mi ventana en una segunda planta del histórico hotel donde reclinó la cabeza y soñó gente como Buffalo Bill y Teddy Roosevelt, la plaza se ve completamente vacía y en silencio. Solo los cuervos se pasean por la nieve. En la mesilla redonda que hay junto a la cama, mi móvil emite un resplandor verde. En el bar del lobby de la planta baja hay un tipo hablando a voz en grito. Ya me lo he encontrado alguna vez y ahora evito el bar por su culpa. Se llama Lorenzo. Así es como se presenta. «Lorenzo». Un nombre sin más, sin apretón de manos. Hay buenas razones para creer que a Lorenzo le han triturado la mente las metanfetaminas y un surtido de otros polvos destructivos. Cuando te sonríe, su sonrisa tiene un sesgo intrínsecamente malicioso, como si le pareciera igual de fácil degollarte que arrancar un coche. Es como esos perros a los que no conviene mirar a los ojos.

Aparcada justo delante del viejo hotel hay una camioneta de ruedas gigantes con pinta de juguete Tonka, salvo por el hecho de que lleva un puma muerto sujeto a la capota con cuerdas elásticas negras. El animal tiene muy abiertos la boca y los ojos amarillos. Se ve muy poca sangre. Dentro de la cabina de la camioneta hay dos perros de caza mestizos ladrando a lo loco y dando zarpazos al cristal de la ventanilla, como si fueran sus propios reflejos los que hubieran despertado su furia. En un salón de ladrillo de la parte de atrás del hotel hay dos violinistas (no sé de dónde han salido; da la impresión de que aquí todo aparece sin más) tocando sus instrumentos. No hay muebles ni plantas, solo un salón vacío. Tocan al estilo antiguo de los Apalaches, con los violines apoyados en la cadera y horizontales, de tal manera que los arcos operan al nivel de la cintura y crean una extraña sensación de desapego. No parecen tener ningún interés por el público, lo cual está bien, porque no hay nadie. La gente (¿turistas?) pasa por el lobby, asoma la cabeza al salón de ladrillo vacío y sigue su camino. No sé si habrá sido el hotel el que ha contratado a esos violinistas. De pronto Lorenzo el Loco se pone a gritar en el bar. Está hablando a gritos de fútbol americano; de algo que está viendo por el televisor. Hay un árbitro que merece morir. En el taburete contiguo al de Lorenzo hay sentado un hombretón atlético que es el dueño de la camioneta aparcada fuera. Se dedica a la caza profesional de pumas; lo tiene contratado el gobierno para mantener la población baja y así aplacar a los rancheros de la zona. El cazador de pumas lleva cresta punk y un pendiente de turquesa. Está casado con la camarera gordita que habla con mucho acento australiano y tira las Guinness con estilo ostentoso. El cazador de pumas se muestra de acuerdo con Lorenzo sobre la culpa del árbitro, lo cual echa todavía más leña a la violencia impotente de Lorenzo. La camarera espigada que hace los cócteles se desvive por ser cortés y eficiente mientras se abre paso por entre el caos. Lorenzo grita y babea. Ella finge que todo es perfectamente normal. Tiene una mirada campesina de lo más inocente y una coleta mormona que da brincos. No sé de dónde viene ni cómo ha terminado en este rincón del infierno, pero no durará mucho. No para de venir a mi mesa y de preguntarme si todo está bien, como si yo la pudiera tranquilizar y asegurarle que el mundo no se está acabando. «Sí», le digo. «Todo está bien. La vida sigue, como siempre». Ella me dedica una sonrisa dulce y huye.

Nauvoo, Illinois

Escenario del éxodo mormón a Utah. Setenta mil de ellos cruzaron el ancho Misisipí por aquí en 1846, huyendo de la multitud rabiosa. Expulsados por la gente honrada. Un testimonio escrito en mayúsculas en el costado de un edificio: una mujer que cuelga de la pared todas sus sillas de respaldo recto, barre el suelo sencillo de tablones de su casa, cierra todas las persianas, devuelve la escoba a su sitio y se despide para siempre de su amado hogar. Mira al oeste, donde le espera un desierto de sal.

Gente pequeña

EL MISIONERO EUROPEO estaba en cuclillas en compañía de los miembros de la tribu hurón, todos formando un gran círculo en torno a la hoguera. Era una postura a la que no estaba acostumbrado, y que por instinto le hacía sentirse en desventaja de cara a convencer a los indios de su punto de vista. Pese a todo, les presentó con valentía la idea de que no era una persona sino dos. Cuando los guerreros oyeron esto, rompieron a reír y se pusieron a tirar palos y tierra al fuego, lo cual le creó al misionero una mezcla extraña de terror y resentimiento en el pecho. Cuando las risas remitieron, insistió en su argumento. Les explico con paciencia a los salvajes que aquel cuerpo físico que veían sentado ante ellos no era más que un caparazón exterior, y que en su interior residía un cuerpo invisible más pequeño que algún día se alejaría volando para vivir en un reino celestial. Los indios hurón soltaron risillas y asintieron para sí mismos mientras tiraban las cenizas de sus pipas de piedra sobre el fuego crepitante. El misionero se sintió profundamente incomprendido, y ya estaba a punto de levantarse y volverse enfurruñado a su tienda cuando un anciano que estaba a su lado lo detuvo poniéndole la mano en el hombro. A continuación le explicó que todos los guerreros y chamanes presentes en el círculo estaban perfectamente al corriente de la existencia de aquellos dos cuerpos, y que también ellos tenían a «gente pequeña» habitándoles dentro del pecho, y que también esa gente escapaba en el momento de la muerte. El misionero se entusiasmó al oír aquella noticia y se quedó convencido de que por fin los indios y él habían conectado. Con pasión redoblada, les preguntó al anciano y a su gente adónde creían que viajaban aquellos pequeños seres interiores. Los hurones se volvieron a reír todos y el viejo señaló la copa de un anciano y enorme cedro cercano cuya silueta centelleaba a la luz de la fogata. Le explicó al misionero que la «gente pequeña» entraba por la copa de aquel árbol y descendía por el tronco y las ramas, donde vivía eternamente, y que por eso él no podía talarlo para revestir de madera las paredes de su pequeña capilla del bosque.

Dicen que hoy en día, si te plantas al borde del Gran Cañón, las luces más potentes que verás en el cielo nocturno ya no son las estrellas, sino el resplandor del neón de los casinos de Las Vegas, que queda a ciento setenta y cinco millas de distancia.

El Arte Olvidado de Deambular Sin Rumbo

(Autopista 152, *continuación*)

INTENTO LLAMAR OTRA VEZ a Luis desde la cabina amarilla. Me muero de ganas de introducir alguna variación en mi círculo de acompañantes, pero Luis sigue fuera. Una mujer distinta de la de la otra vez, aunque con un acento igual de fuerte, me dice que ahora está en Chihuahua y que no volverá por lo menos hasta dentro de una semana. Le digo que pensaba que estaba en Oaxaca y ella me dice que no le sigue la pista tan de cerca, que Luis se mueve mucho; me cuelga igual que hizo la otra mujer. Deben de ser todo un cuadro, esas dos.

De la capilla de la misión salen música y canciones, de manera que vamos para allá. Somos simples hojas al viento. Nos cruzamos con un turista de aspecto muy teutón con collarín ortopédico y chaqueta de flecos estilo Davy Crockett que está intentando operar su Kodak Instamatic. John se para a ayudarlo. He de admitir que a John se le dan bien las cámaras. Le encanta jugar con ellas, con las lentes, las correas y esas cosas. Tiene un talento natural para las cámaras. El turista se queda encantado de que un perfecto desconocido americano se haya parado y se haya molestado en ayudarlo. Está muy impresionado con John. Creo que debe de ser alemán u holandés o gay o algo. Tiene mucho acento y lleva esas sandalias europeas raras que se abrochan en el tobillo y que parecen hechas de cuero falso. Y para rematarlo, las lleva encima de un par de gruesos calcetines de lana caqui del ejército.

Es raro, pero he descubierto que se puede adivinar de dónde viene la gente por las sandalias que lleva. Los mexicanos, por ejemplo, prefieren esos huaraches con suela de caucho negra hecha con neumáticos viejos. A los pakistaníes les gustan esas tan endebles que tienen un lazo de cuero en torno al dedo gordo. He aprendido a identificar muy bien las distintas nacionalidades de esa manera. Estereotipos. Por supuesto, es imposible no equivocarse de vez en cuando. Da la impresión de que John le ha solucionado el problema de la Kodak al turista, que ahora se muestra extremadamente agradecido y se dedica a hacerle reverencias y a intentar darle dinero, sacando billetes de veinte y de diez, aunque no parece saber qué diferencia hay entre los distintos billetes, de forma que se limita a ofrecer fajos enteros. Pero John no los quiere. En el fondo, John es básicamente un tipo honorable. Tiene eso que se podría llamar fibra moral verdadera, aunque no entiendo de dónde la ha sacado. Lee mucho y una vez asistió a una charla de Krishnamurti. Creo que en realidad fue una serie de charlas que se celebraba en Big Sur. No estoy seguro. Ahora Dennis le está diciendo a John que debería aceptar el dinero del alemán; nos iría bien para comprar gasolina y cigarrillos, pero John sigue rechazándolo. De forma que el alemán le intenta dar el dinero a Dennis, pero Dennis alega que no es él quien le ha arreglado la cámara. El alemán sigue insistiendo, blandiendo el dinero a manos llenas, así que finalmente Dennis se guarda cuarenta pavos y le devuelve el resto. Pero entonces John se pone a gritarle a Dennis que devuelva los cuarenta pavos, de forma que Dennis los saca y trata de devolverlos, pero ahora es el alemán quien se niega a cogerlos. Levanta las manos y da un paso atrás, como diciendo: «un trato es un trato». John se pone hecho una furia y empieza a gritarle al alemán: «¡Coge tu dinero, puto boche estúpido! ¿Pero qué te pasa?». La gente se gira para mirarnos desde la plaza entera. Gente pacífica, de vacaciones. «Te crees que a todos los americanos se los puede comprar, ¿verdad que sí? ¿Eh? ¿Te crees que somos incapaces de mostrar generosidad y buena voluntad? ¿O es tu culpa racial histórica la que está haciendo que me trates como a un mendigo asqueroso?». El alemán sigue sonriendo y asintiendo con la cabeza y dando gracias a John. A continuación, se da la vuelta y se aleja sin más, dejando a Dennis con los cuarenta pavos en la mano extendida. John le quita el dinero y echa a correr detrás del tipo, sin dejar de gritar improperios, pero el hombre sigue caminando, sin escuchar a John, haciendo fotos de la misión y de la torre donde Alfred Hitchcock rodó *Vértigo*. Por fin John se limita a tirar el dinero a la espalda sudorosa del alemán, vociferando más insultos sobre el Tercer Reich y se vuelve pisando fuerte y jadeando adonde estamos los demás. Nunca lo he visto en semejante estado. Está temblando y escupiendo al suelo. Se ha congregado una pequeña multitud para presenciar el altercado, pero ahora, viendo que no va a degenerar en violencia física, se dispersa. Dennis sugiere que vayamos a recoger el dinero que ha tirado John. El alemán no muestra intención alguna de recogerlo y nos iría bien para las millas de viaje que tenemos por delante. Es ridículo dejar dinero tirado en el suelo, le dice a John. John tiene los ojos vidriosos, como si estuviera a punto de vomitar. Es una cuestión de principios, dice John con voz jadeante mientras contemplamos cómo dos niñitos mexicanos descalzos y con pantalones cortos cruzan corriendo la plaza y cogen los cuarenta pavos. Dennis se pone a gritarles, pero ellos se largan disparados como pequeños ponis. Dennis no se va a poner a perseguirlos. Su estado es lamentable. Y estamos todos igual. No sé cómo hemos llegado a esto. Antes éramos jóvenes y vigorosos; ahora nos quedamos plantados como una panda de borrachos sin techo desesperados, o algo parecido. ¿Cómo hemos llegado a esto?

Entramos deambulando en la pequeña capilla de Misión de donde vienen las canciones. Los pasillos están llenos de críos que corren, ríen y sueltan risillas mientras los ancianos cantan «gloria, gloria aleluya» en español. Intentamos cantar con ellos, pero nuestro español no es ninguna maravilla, y los himnos religiosos nunca me han emocionado precisamente. A nadie parece importarle que acabemos de entrar y nos hayamos unido a su ceremonia, pese a que somos unos gringos de aspecto extraño y ojos inyectados en sangre. Quizás se hayan insensibilizado a la presencia de turistas en su pueblo. O quizás posean espíritu cristiano verdadero. No parece que les importe, en cualquier caso. Tampoco hay nadie intentando controlar a los niños, que se dedican a correr como locos por los pasillos. El sacerdote ni se inmuta. Es genial. Todas las mujeres llevan en las cabezas unos pañuelos bordados blancos como la nieve. Los hombres sostienen frente a sí con ambas manos sus sombreros de paja estilo Oeste, cabizbajos y con los ojos abiertos; las miradas les van de aquí para allá mientras cantan de forma casi mecánica. Pero es precioso cómo cantan. Y mira que normalmente no me conmueven los himnos religiosos. La belleza está en el simple evento. Unos cuantos de los hombres de más edad tienen los ojos cerrados con fuerza y mueven los labios en silencio; están hablando con el Señor, hablándole de forma muy personal. Rodeados de gente cantando, no emiten ningún sonido. Y de pronto el canto se interrumpe y la gente se vuelve a sentar en los bancos de madera. Me doy cuenta de que este momento y esta repetición llevan siglos produciéndose; rezar, cantar, sentarse, rezar y así sucesivamente. Y aquí estamos nosotros, sin un sitio donde caernos muertos. Los chavales se tranquilizan y se reúnen con sus padres y sus familias. El sacerdote se acerca al altar, que tiene delante un crucifijo dorado enorme. Parece que lo hayan sumergido en caramelo, como hacen con las manzanas confitadas de la feria del condado, el Cristo agónico entero con cruz y todo, como si el Cristo real hubiera muerto asfixiado bajo varias capas de mejunje, igual que aquellas víctimas del Vesubio de la Antigüedad. El sacerdote ajusta el micrófono de cuello flexible que tiene en el púlpito, obviamente incómodo con la tecnología e incluso algo irritado por ella. El micrófono emite un gruñido. Los niños sueltan una risilla. Viven por completo en el momento. Nadie los regaña. Luego al sacerdote le da un breve ataque de tos delante mismo del micrófono. Lo sofoca y se disculpa. A los críos les resulta hilarante. Incluso a algunos de los mayores les hace gracia. El sacerdote parece avergonzado y se ajusta el alzacuellos. Dennis se me acerca y me dice con un susurro ronco: me gustaría haberme educado en el catolicismo, ¿a ti no? Me encanta este rollo. No tengo ni idea de a qué se refiere y tampoco se lo voy a preguntar. Salimos de la pequeña capilla justo cuando el sacerdote se dispone a iniciar el sermón.

Terminamos caminando hasta la pista de rodeos, a falta de nada mejor que hacer. ¿Qué pasó con nuestros trabajos? ¿No teníamos todos trabajos en algún momento? John trabajaba en un colmado mexicano, preparando los burritos del desayuno con unos guantes de goma blancos. Dennis trabajaba de atrapaperros. Y yo tenía un puesto relacionado con el Departamento de Carreteras, cortando la hierba de las medianas. ¿Qué pasó? ¿Acaso todos nos hemos escapado de ser adultos responsables? Me resulta un misterio. Todavía nos quedan un montón de millas por recorrer, pero no tenemos fecha límite. No hay nada como no tener fechas. A John y a Dennis se les da mucho mejor que a mí. Parecen capaces de aceptar por completo la naturaleza cambiante de las cosas, mientras que yo siempre estoy buscando algún objetivo, algo situado más adelante. John se ha vuelto un auténtico artista de no hacer nada; le basta con estar ahí, sin preocuparse de lo que vendrá a continuación ni atormentarse por algún episodio del pasado sobre el que no se puede hacer nada. El Arte Olvidado de Deambular Sin Rumbo, lo llama. Le ha puesto ese título para no confundirlo con la indolencia pura y dura. Que es de lo que siempre lo acusa su padre, dice: de pereza. Me cuenta que, desde que tenía unos trece años, ha experimentado la sensación clara de estar viviendo en su propio pasado y observándolo como si ya estuviera muerto. Un poco como el narrador de *Nuestra ciudad*. Es algo que admiro de John, aunque no termino de entenderlo. A veces se le ocurren unos rollos profundos.

Delante de las pistas de los rodeos encontramos una vitrina de cristal extraña con un sismógrafo dentro. Está instalada encima de una especie de pedestal griego, como si conmemorara algún episodio histórico. Sobre el cristal hay un letrero escrito a mano que dice: NO FUNCIONA. Estamos en territorio de terremotos. A veces me olvido. Últimamente me olvido de muchas cosas, y de repente me vuelven a la cabeza, pensamientos y cosas por el estilo, casi como imágenes que me provocan sensaciones sobre episodios del pasado. Un pasado en el que no viví nunca. Por ejemplo, aquel libro *Dos años al pie del mástil* de Richard Henry Dana; menudo libro. Un aristócrata yanqui de Nueva Inglaterra se embarca en una travesía que rodeará el Cabo de Hornos a bordo de una goleta de tres mástiles, hasta llegar a la costa de la California recién nacida, y escribe un diario detallado de una época en que España y México eran los puñeteros dueños de todo. La era de las Pieles y el Sebo, la llamaban, porque los trabajadores arrojaban pieles secas de los acantilados a las playas, desde la misión de las inmediaciones de San Luis Obispo hasta las goletas que esperaban en la cala de debajo. Pellejos acartonados que caían planeando docenas de metros por el aire azul del Pacífico para no tener que cargar con ellos por unas cuestas tan empinadas que ni siquiera los burros podían bajar. La típica cosa que me rompe el corazón.

Lo que dice el Duque

En carta de 1771 a sus superiores de Londres acerca de la frontera de los Apalaches y de la imposibilidad de mantener a los colonos escoto-irlandeses al este de una línea imaginaria que bajara por el lomo de la cordillera, el último gobernador de Virginia, el Duque de Dunmore, escribía:

«Mi Señor, he aprendido por experiencia que tanto la Autoridad establecida de cualquier gobierno de América como la política de nuestro Gobierno Británico resultan insuficientes para contener a los americanos; y que estos hacen y dejan de hacer según les dictan su avidez y su inquietud. No adquieren ningún apego al lugar, sino que el errar parece algo grabado en su naturaleza misma: y es una debilidad relacionada con ello el hecho de que siempre imaginen que las tierras situadas todavía más allá serán mejores que aquellas en las que se han asentado [...], no conciben que el Gobierno pueda tener derecho alguno a prohibirles que tomen posesión de extensiones enormes de terreno, sin importar que estén deshabitadas o que sirvan como refugio a tribus dispersas de indios. Estas, Mi Señor, le suplico que lo entienda, no son ideas que yo trate por ningún medio de justificar. Solo creo que es mi deber declarar las cosas tal como son».

Taos

URRACA GRAZNANDO. Luz resplandeciente. El pasado, ya pasado. El pasado, pasado está. La tumba de Kit Carson perdida en el pueblo. Olvidada, junto al tobogán infantil. Una alambrada rota. Kit, viejo a los cincuenta y nueve años. No para de caérseme el pasaporte al suelo, como si fuera una hoja muerta azul. De escabullirse. Estas vistas resplandecientes. Álamo temblón dorado. Grandes álamos de Norteamérica. Temblando al sol. Temblando como los cuáqueros de antaño. Navajo. Cascos con plumas. Cráneos de puma. Esta luz brillante del día. Indiferente a las tumbas soterradas. Moho en la piedra. Erosionada hasta el punto de que no se puede leer el nombre. Placa metálica en honor al héroe. Al explorador. Al hombre que se recorrió el país en mulas. Cuyas últimas palabras fueron en español. Grafiti grabado a cuchillo en el cuello de Kit. Como si pudiera sentir algo. Como si la venganza todavía pudiera detentar algún poder en este rincón luminoso de huesos enterrados y ausencia de sensaciones; absolutamente inmóvil, salvo por las hojas doradas que se mecen.

No para de caérseme el pasaporte al suelo. Quizás me está intentando decir algo.

Wyoming

(Autopista 80 Este)

El largo trayecto de Rock Springs a Grand Island, Nebraska, arranca con un tiempo pésimo. Después de dos huevos poco hechos y un trozo de jamón procesado, me echo a la carretera sobre las siete. La temperatura se mantiene a unos siete grados; una nevada suave y helada y una visibilidad de mierda. Camiones de dieciocho ruedas descarrilados en las crestas de las colinas de entre Rawlins y Laramie. Camiones-grúa con las luces parpadeando por las cañadas negras. A través de las volutas de niebla, te aparecen delante con sus cadenas y ganchos y brazos de grúa; todo el mundo avanza a paso de caracol, con miedo a despeñarse por el ancho abismo. Le das un simple golpecito a los frenos y toda la parte de atrás del vehículo ya se escapa a tu control. Intento mantener dos neumáticos en la banda rugosa del arcén, a unas cinco millas por hora, con la esperanza de que se desprenda el hielo de las bandas de rodadura. La única emisora de radio es un predicador que despotrica citando a San Pablo; el cuerpo es un tabernáculo, dice: «este tabernáculo donde gemimos». A continuación, el mismo predicador pasa a declarar que, para él, 1961 fue el punto de inflexión total en que se fue al garete el mundo entero. No sé por qué ha elegido ese año en concreto —1961—, el primero en que me eché a la carretera, pero insiste en que es la fecha de nuestra disolución moderna. Tiene una larga lista de indicadores sociales, empezando con el aumento de la población y siguiendo por la desintegración de la familia, la relajación moral, la promiscuidad sexual, las drogas peligrosas... la letanía de costumbre. Pero luego contrarresta ese argumento con la pregunta imperiosa: «¿Qué deben hacer los justos?». Como si hubiera un antídoto obvio que al parecer todos estamos pasando por alto deliberadamente. Si pudiéramos darle la espalda a esta degeneración y situarnos en terreno moral seguro, de alguna forma podríamos darle la vuelta a la situación. Parece una pregunta más política que religiosa. «¿Qué deben hacer los justos?». Una especie de llamamiento tipo «Adelante, soldados cristianos». He perdido de vista la línea central de la carretera. La nieve se abate sobre el parabrisas tan deprisa que los limpiaparabrisas no le pueden seguir el ritmo. Bajo estas condiciones, el corazón te empieza a latir un poco más deprisa; no saber qué puede aparecer de repente. No saber si el mundo entero se va a desplomar debajo de ti y vas a terminar debajo de una mole de acero aplastado y ruedas girando. ¿Qué *deben* hacer los justos?

Pista de búfalos

Estoy atrapado en un pueblo de patios traseros. No es un sueño. No hay casas por ninguna parte, de forma que no se puede llamar propiamente un pueblo, ciertamente no se puede llamar «nuestro pueblo», ni el centro de Milwaukee, ni nada identificable por el estilo. No hay centro; no hay calle principal, y aun así la gente camina como si tuviera adonde ir, alguna clase de destino, con determinación aunque sin esa urgencia con que caminan en la Gran Ciudad, sin ese ajetreo con que circulan porque es como va todo el mundo allí, como si estuvieran en manos de una fiebre de la que no pueden escapar. Más bien como quien pasea por el parque, haciendo eses pero sin perder el rumbo; no perdidos como yo, que parezco ser el único que siente alguna perplejidad. Y no es que no reconozca ciertas señales; no hablo de señales como las de Stop, porque de esas no hay. Ni tampoco publicidad de ninguna clase. Esto se parece mucho al Berlín oriental de antaño, de antes de que cayera el muro. (Cuesta creer que hubo un tiempo en que fui por Berlín oriental al volante de un Ford Anglia gris, leyendo citas de Brecht bajo las alambradas, en busca de algo que poder llevar ilegalmente al otro lado). Ahora, en cambio, sí que reconozco ciertos patios traseros de hace muchos años; ciertas verjas caídas, senderos estrechos abiertos a través de la grama por el paso de los animales que conectan unos solares inmensos donde quedan huellas vagas de almacenes enormes, y donde debió de existir un tráfico enorme de bueyes de tiro y mulas negras yendo y viniendo; multitudes, incluso. Martillos de herrería retumbando por las anchas avenidas. Y más allá de esos solares, campos extendiéndose hasta la autopista, con las matas de avena silvestre y la hierba timotea azul ondulando bajo la brisa de la pradera. Y la autopista en sí, ahora salpicada de hierbas amarillas altas y de unos baches lo bastante profundos como para cargarse a un Ford de cualquier clase, y lo que es todavía más revelador es que la autopista muerta parece estar revirtiendo a la antigua pista de búfalos de debajo, por donde alguien debió de intentar copiar las migraciones de los rebaños gigantescos que antaño oscurecían el paisaje. Quizás pensaron que los búfalos sabrían adónde ir, por mucho que ellos no tuvieran ni idea.

«Nuestro morar es un deambular y nuestra permanencia es la fugacidad, y, para decirlo sucintamente, nuestro hogar no está en ninguna parte».

Líder separatista en Plymouth, 1620

Pecado original

He oído esa historia antes, contada por ahí, la del «pecado original». El rollo ese de Adán y Eva. Lo de la serpiente en el jardín y todo eso. Eva muerde la manzana. Adán se apunta al rollo. Pasan de todo y se ponen a follar como locos. El síndrome de la costilla. El parir con dolor. Tienen que empezar a esconderse los genitales con hojas de parra. La culpa y los remordimientos. Me conozco la historia. Mi abuela me la leía cuando yo le llegaba a la rodilla. He oído lo de los Padres Peregrinos y lo de que descendemos directamente de la gente del *Mayflower* y de la Colonia de Plymouth y de aquellos puritanos que se pateaban Cape Cod con sus sombreros graciosos, excavando los túmulos funerarios de los Narragansett y robándoles el maíz de las ceremonias cuando se suponía que debían estar sirviendo a Dios. También he oído que Cristo murió en la cruz por nuestros pecados y resucitó de entre los muertos. Lo del Espíritu Santo. Lo de apartar la lápida. El hecho de que necesitamos fustigarnos todo el tiempo por ser unas criaturas tan miserables, impías e ingratas, arrastrarnos por el suelo como una panda de reptiles. ¿Pero cómo demonios se puede ganar uno la vida? Eso pregunto yo. ¿Cómo se puede uno sacar cuatro cuartos? Lo he intentado todo: ayudante de camarero, camarero, pintor de cercas, vaquero; hasta recoger huesos de pollo de picnics pijos. Nada paga tan bien como pegarle un tiro a un desgraciado en toda la cabeza y escalar posiciones. Creedme, nada. Con un cheque así me puedo perder varios meses en el Yucatán. Puedo vivir como un puñetero potentado. Rodeado de bellezas de piel tostada. De tequila hasta las cejas. Flotando boca arriba en el verde Mar Caribe. ¿Estás de broma? Un tirano menos en el mundo, así es como yo lo veo. Puede que Cristo muriera por los pecados de otro, pero joder, por los míos no.

SE SABE que los comanches robaban biblias inglesas cuando asaltaban las caravanas de carromatos que iban al oeste; luego arrancaban las páginas de papel cebolla y las usaban como relleno para sus escudos de guerra hechos de cuero de búfalo y engalanados con caballos azules, halcones rojos y perros corredores.

Ex niño cantor

Me cuesta creer que hubo un tiempo en que fui niño cantor. Pero aquí está. La prueba. Una imagen de mí en los años 50. Allí, en los 50. Inocente. O eso parecía. Foto: Ike y Spot. Nevera Frigidaire rutilante. Retratado con túnica negra. Cuello blanco fláccido puritano. Peinado al rape, encerado y desenfadado. No te lo pierdas. Sonrisa chueca de ojos entrecerrados, que no sabe muy bien qué está proyectando exactamente. Vaya sonrisa. Un mohín en los labios. ¿Qué está intentando decir? ¿Qué esconde? No recuerdo estar allí, para ser sincero. Pero algo debió de estar allí. Otra persona. No la de ahora. No el yo de ahora. Otro. Mirando. Observando todo. Vigilando muy de cerca. El procedimiento. Los rituales. No te engañes: no se me escapaba nada. Las hostias y el vino. La carne y la sangre de Nuestro Señor. Congregación caníbal. Sexo en manada. Sumergidos. Fiebre. Traseros abultados. Entrepiernas duras como la roca. Cristo clavado en un palo. Con sangre en los pies. Clavos goteando. Madres de amigos. Hermanas. Traseros de chicas. Sexo. Chavalas latinas. Los labios tan repintados que les caían grumos sobre los regazos negros humeantes. Uñas de la Virgen María. Olor acre a coño. Traspasando el algodón. Canciones. Cánticos. Ensalmos al único Dios. El Santísimo. La Triple Amenaza. Voces rezando. Rodillas dobladas. Echarse sobre el terciopelo. Muslos rozándose. Pantorrillas sedosas. Chupársela a Jesús.

Crucificado. Sangrando y sangrando. Y luego recobrando las fuerzas. Subiendo con gran esfuerzo a la superficie. Cogiendo aire. De regreso al Señor. ¿En busca de misericordia o de qué? Ecos rebotando en los muros de piedra. La voz monótona. El sermón. Protestante. Seguro de sí mismo. Todo ese esfuerzo. La mandíbula. Los dientes. Lejos de la vida. Una distancia enorme. Fuera. De aquí a allí. Allí fuera. Donde están aparcados los coches recalentados. Esperando. La capota negra humeando. Fuera, bajo el calor. Aire caliente. Esperando para largarse bramando, adonde sea menos aquí. Tonopah. Wichita. A cualquier sitio menos aquí.

Gato en un establo de noche

Si vas a pegarle un tiro a un gato en un establo de madrugada y quieres hacerlo deprisa para no despertar a los niños, hagas lo que hagas no uses pistola. No lo conseguirás jamás. El cabrón se escapará aullando por las vigas del techo con un balazo en la cabeza y a oscuras te será imposible encontrarlo. Créeme. Ni se te ocurra usar pistola. Si te las puedes apañar para atraparlo, mételo en un saco de arpillera para avena y átalo con cable de embalar. No te olvides de usar guantes de cuero de mula y mangas largas o el hijoputa te destrozará a zarpazos. Cuelga el saco de una viga bien firme y no te alejes de él más de un metro y medio. Dispara al saco a bocajarro con una escopeta del calibre doce y cañón largo con perdigones de acero y ten una caja entera de perdigones a mano en caso de que el saco no deje de moverse. Te lo digo en serio. Ni se te ocurra usar pistola.

Philip, Dakota del Sur

(Autopista 73)

PERDIÓ LA CABEZA por completo. No sé qué se lo provocó. Se puso a disparar y a disparar. En círculos. Surtidores de gasolina explotando. Gente abatida. Gente corriendo para ponerse a cubierto. No sé qué le entró, sinceramente. Cerraron el Cenex, la tienda de piensos, el Dairy Queen. Todas las tiendecitas que había allí. Después de aquello, cerraron los negocios y se marcharon. Ahora parece un pueblo fantasma. Si quieres te llevo luego para que lo veas. Es flipante. Completamente desierto. Malas hierbas. Ventanas rotas. No hay nadie. No sé qué le entró. De verdad que no lo sé.

Nefofobia

¿Miedo a las nubes? ¿Por qué? De todo el surtido de fobias que había, ¿por qué aquella? Tenía nombre. Lo buscó. Un título. El hecho de que tuviera nombre ya lo tranquilizaba un poco. Le ha pasado antes a alguien, pensó. Ya existe en el mundo, pensó. Alguien más se ha visto poseído por las nubes. Ha sucumbido de la misma manera. «Nefofobia», se llamaba. ¿Griego, quizás? Nubes. La antigüedad. Tragando millas. El día entero por los montes de Allegheny. Conduciendo por la retorcida Autopista 64. La «Veterans Highway». Allí estaban. Extremadamente cerca. Flotando sobre los montes. Caras amontonadas. Nubes deformes. Caras en el cielo. Horrible. Mejillas infladas, como los querubines de las pinturas antiguas de ángeles. Medievales. Caravaggio. Con los ojos arrancados. Demonios gigantescos de las alturas. Iba a ser un viaje difícil. El mero hecho de cruzar aquella zona. El mero hecho de llegar al viejo reducto de Stonewall Jackson, donde se desangró por culpa del «fuego amigo». (No es un término tan moderno). ¿Conseguiría llegar? Ahora ya no podía parar. Ya no podía salir al arcén. Hizo lo posible por no levantar la vista. Mantenerse centrado en la carretera. En lo que quedaba de ella. Bien pegado a la banda rugosa. Pero allí estaban, sorbiendo su atención. Seduciéndolo para que las mirara. Y de pronto cambiaban: los ojos, las mejillas. Como carne deshaciéndose. Las cabezas se desprendían. Se unían con otras cabezas. Una familia entera. Ninguno parecía emparentado con los demás. Pero luego se fundían los unos con los otros. Se convertían en otros. En antepasados, quizás. ¿Conseguiría llegar al otro lado? ¿Podría cruzar los montes? Mantenerse entre las líneas. Agarrar el puñetero volante y mantenerse entre las líneas. No era tan difícil.

Victorville, California

(Autopista 15)

EL QUEENS MOTEL, con su brontosaurio de yeso verde descolorido, descascarillado y pelado por el sol del desierto, erguido sobre las patas traseras delante de una antena parabólica negra y enorme orientada hacia los Montes Roy Rogers. No me había dado cuenta de que le habían puesto a unos montes el nombre de Roy. No había oído hablar nunca de los Montes Roy Rogers, y eso que crecí aquí. Crecí con Roy, de hecho. Fue uno de los primeros héroes del western televisivo que recuerdo. Y también vi a Roy en carne y hueso, yendo a lomos de Trigger por Colorado Boulevard en el Desfile de la Rosa, junto a Dale Evans. No tenía ni idea de que le habían puesto su nombre a unas montañas. Debió de ser mucho después de que me marchara. Me pregunto quién decidirá esas cosas. Quién decide el nombre que llevarán unas montañas, o una calle. Lo deben de hacer en comité o algo así. Conozco a un tipo en Texas que hizo poner el nombre de su padre a una autopista de las afueras de Dallas porque su padre era el dueño de la empresa que la había asfaltado. También había una callejuela en Nueva York que llevaba el nombre de Thelonius Monk. Quizás todavía esté. Eso me pareció chulo. Alguien debió de hacer un montón de campaña para conseguirlo. Y luego, claro, siempre están cambiándole el nombre a los sitios. Quitándoles el antiguo y poniéndoles uno nuevo. Pasa todo el tiempo. A los dictadores les encanta,

¿te has fijado? A los tiranos totalitarios. Cuando hay un cambio de régimen, nunca se sabe cuánto tiempo van a durar los nombres. Por ejemplo, es posible que, dentro de cincuenta años, los Montes Roy Rogers tengan un nombre chino. Nunca se sabe. Para entonces, quizás Roy ya haya caído en el olvido, si es que no ha caído ya. Puede que Monk dure un poco más que Roy, pero nunca se sabe. Por supuesto, no se puede comparar la idolatría de la Costa Este con la de la Oeste, y seguramente no sea justo equiparar a los héroes del western de los 50 con las leyendas iconoclastas del jazz, pero ahí lo tienes. De hecho, la justicia no tiene nada que ver con esto. No sé ni por qué he sacado el tema. Quizás para entonces ya no queden montañas, mucho menos calles. Quizás no quede nada que nombrar. Yo ya no estaré, eso está claro. Aun así, no me importaría ver cómo cambian unos cuantos nombres, pero no pasará mientras yo viva. La Biblioteca Richard Nixon, por ejemplo. El Aeropuerto Bob Hope. La Avenida Ronald Reagan. ¿Por qué no un Bulevar Joaquín Murrieta? Al pobre le cortaron la cabeza y la pasearon sobre una estaca por las calles de Los Ángeles y nadie le pone su nombre a nada.

Elko, Nevada

(Motel Thunderbird)

Entro cargado con la silla de montar y la dejo apoyada en la moqueta manchada de vino. De las cortinas viene un ligero olor a vómito de pizza, pero estoy demasiado cansado para que me importe. Me dejo caer en el borde del colchón. Contemplo el patrón perfecto de bellotas y hojas de roble que han labrado unas manos mexicanas nudosas en los faldones de cuero de toro. Es algo que siempre aporta cierta sensación de orden. Llevo días ya recorriendo la Gran Cuenca, siguiendo a Jones. Siempre siguiendo a Jones. Uno de sus grandes y ambiciosos planes para atrapar caballos Mustang en los cañones. De momento lo único que hemos visto es el polvo que dejan. Estoy agotado. Dolorido y con las rodillas hechas polvo. El retrete de la habitación no para de gemir y berrear como una ambulancia lejana que no va a llegar nunca a la escena de la destrucción. Muy triste. Pongo la CNN solo para fingir que todavía estoy en el mundo. Más mentiras sobre la guerra. Más carcasas de cabra reventadas junto a la carretera. Más cadáveres amontonados. Lo he visto todo antes. En la puerta de al lado, el casino sigue repicando como varias iglesias enloquecidas. Zumbando y retronando. Música circense. ¿Qué estoy oyendo? ¿Qué estoy viendo desde este extremo de la cama? Zarpas, yemas de dedos manchadas de nicotina que pescan monedas del fondo de vasos de plástico. Oxígeno circulando por tubos verdes, subiendo por las narices de los muertos, de los que ya han muerto. La superioridad moral proclamándose a voz en grito. Premios gordos de piedra. Me pongo a enjabonar mis arreos. Eso es. Dame algo que hacer. Glicerina y agua. Sorbo de Jack Daniel's. Mañana nos tenemos que reunir con un granjero llamado Valmy, al oeste de las Montañas Ruby. Descargar un remolque abarrotado de cercas modulares. Paneles. Cadenas y estacas. Correas de cuero sin curtir. Cuerda de nylon. No veo claro esto de Jones. Este plan que tiene. No sé si todavía le queda algo de lucidez. Nunca ha habido mucho mercado para estos jamelgos endogámicos. ¿Para qué molestarse con ellos cuando puedes empezar con un caballo de verdad? Un caballo de cuarto de milla, o por lo menos con algo de pura sangre mezclada. Luego está el coñazo de llevarlos hasta California. Domar a los cabestros. Tenerlos en el corral. Con los ojos tapados. Las patas atadas. Quitarles el miedo. Cansarles las patas. Las lonas. ¿Para qué pasar por todo ese tormento? La hospitalización. ¿Qué sentido tiene? ¿Por ochenta pavos la pieza? Pero si ya te gastas más en cada uno. Esta habitación ya cuesta cuarenta y pico. ¿Qué tiene en la cabeza Jones? Algo romántico, quizás. *Vidas rebeldes*. ¿Otros tiempos? Anda ya. Esta mañana se lo he preguntado mientras tomábamos café solo. Se lo he dicho abiertamente. Le he preguntado de qué va todo esto. Para qué insistir. ¿Y sabes con qué me ha salido? Pues con un poemilla sin sentido que me ha recitado con los ojos vidriosos de la resaca.

Había un viejo muy cauto
Que nunca hablaba demasiado alto
No bebía y no fumaba
Y se murió virgen y casto.

Y luego de muerto, el seguro
No le quiso dar ni un duro
Porque como no había vivido
Tampoco había muerto, el muy burro.

Jones se ha reído hasta que le ha vuelto a entrar el ataque de tos; luego ha levantado el corpachón enorme del taburete y se ha estirado los Wrangler hacia arriba. Sus rodajas estilo español y las campanillas de las espuelas van haciendo su música mientras se aleja paseando hacia la puerta abierta. En esta época del año el aire de la Gran Cuenca huele a sequedad intensa, casi a camisa almidonada. Se ha detenido en el umbral para encenderse un cigarrillo y ha soltado el humo hacia el río Humboldt.

—Ha quedado la mañana perfecta —ha proclamado, dándome la espalda—. Te veo en los corrales —y se ha alejado dando zancadas con el Lucky Strike colgándole de la boca. ¿Y quién soy yo para negarme?

Llanos

Increíbles esas imágenes de humo y fuego y carne y hombres sentados alrededor mirando las brasas resplandecientes bebiendo licores fuertes guerreros indios escupiendo al oír sus trolas algunas son verdad otras idioteces guitarras rotas olor a caballos y a los terneros que berrean sin parar detrás de corrales de madera de mezquite y un pobre desgraciado hasta se ha traído el móvil y llama a su puta en Fort Worth usando una itinerancia digital sin esperanza en la extensión enorme de estrellas y de perros que aúllan en Llanos es increíble.

Faith, Dakota del Sur

(Interestatal 25)

En un día caluroso y sin nubes pongo rumbo a Faith, que es de donde vienen los enormes caballos de monta. Voy a comprarme uno. Uno bayo de color crema con una marca en forma de cuarto de luna en la mejilla. Lo he visto en sueños. Eso mismo. Lo he visto de lejos. Me lo voy a traer a casa y lo montaré para ir a buscar el correo. Y cuando me pregunten de dónde es, diré que lo compré en Faith en un día triste y tórrido.

Razón

YA NO TE PIENSO HABLAR más de caballos. No entiendes absolutamente nada de caballos y no te pienso hablar de ellos.

Pues no lo hagas.

No lo haré. No los debería haber sacado a colación para nada.

Es que no entiendo por qué necesitas comprarte otro cuando ya tienes un prado lleno.

No necesito ninguna razón para necesitar otro.

Eso parece.

¿Por qué iba a necesitar una razón?

No tengo ni idea.

Me gusta rodearme de ellos.

¿Pues por qué no te compras otro?

Lo voy a hacer.

Bien.

No me hace falta ninguna razón, puñeta.

caballos batiéndose en carreras
contra hombres
momias en rehabilitación
¿qué son todas estas vendas
desenrolladas por las escaleras?
¿algo se ha roto
por aquí?
algo sin fin

Buque de guerra

Buque de guerra murió con una erección enorme que no se le iba. Es verdad. Está bien documentado. Pregúntaselo a cualquiera en la tienda Jot 'Em Down. Después de sufrir varios ataques al corazón a los treinta años y de servir a cientos de yeguas, por fin sucumbió. Pero el miembro se le quedó permanentemente duro. Era un miembro con memoria. Como es obvio, no hubo mujeres presentes en su humilde funeral celebrado en las afueras de Lexington. Hubo que extender ceremoniosamente una lona negra sobre el apéndice problemático. Al parecer a un par o tres de caballeros con bombín les resultaba ofensivo, aunque no pudieron negar su gran preponderancia.

«Shoe»

WILLIAM SHOEMAKER no pesaba ni medio kilo cuando nació en una choza de adobe al sur de El Paso. Apenas respiraba cuando su abuela se lo puso con cuidado en una mano. Metió al pequeño William en una caja de zapatos y encendió la cocina de leña. Abrió la pesada puerta del horno e introdujo la caja donde estaba el pequeño Willie para que estuviera caliente. Fue en aquella caja de zapatos donde Willie volvió a la vida para acabar ganando ocho mil ochocientas treinta y tres carreras.

El Hombre del Rayo

Conocí a un hombre en Montana al que le había caído un rayo en toda la coronilla. Me enseñó la cicatriz. Era de un marrón intenso, color hígado de ternera frito, del tamaño de una moneda de cuarto de dólar y con un puntito negro en el centro. Habían escrito un artículo entero sobre él en una revista de pesca y caza y los científicos de una universidad se habían pasado semanas visitándolo en el hospital porque supongo que no hay mucha gente que sobreviva a que le caiga un rayo en toda la cabeza. El hombre era guía de pesca en la cordillera Absaroka y había llevado a un grupo de turistas japoneses a pescar truchas cuando el cielo se puso negro de golpe y empezaron a crepitarle grietas amarillas. Sabía por su larga experiencia en las montañas que en aquellas condiciones más les valía salir pitando del agua, de manera que les dijo a los turistas que desmontaran sus cañas pijas de titanio y las guardaran. Estaban atravesando un campo abierto en fila india, con el guía en cabeza, cuando el rayo lo eligió, por ser el más alto. Un pararrayos humano. Después, cuando entrevistaron a los pescadores extranjeros, todos dijeron que un halo azul le había iluminado el cuerpo entero, como si estuviera a punto de ser elevado a los cielos. El rayo le salió al guía por el tobillo, tomó tierra y viajó por toda la fila de turistas japoneses, derribándolos a todos como si fueran bolos. Contaban que había sido tan rápido que no se habían enterado de qué pasaba. Allí se quedaron, tirados en fila en un campo abierto al pie de las montañas, a miles de millas de su país, junto a un guía de pesca americano al que le salía humo de la coronilla.

Hoy en día el Hombre del Rayo se pasa los días sentado a una mesa de trabajo, frente a una ventana con vistas a las mismas montañas Absaroka. Fabrica puntas de flecha de aspecto auténtico, usando puntas de hueso de alce, plumas de pavo y astiles Osage. Dice que es capaz de pasarse más o menos una hora concentrado en el trabajo, pero que todavía no han inventado el calmante capaz de aliviar la agonía que le baja como una gravedad de fuego por las piernas.

Alguien me contó una vez que los griegos habían inventado un elixir mágico para expulsar el recuerdo de todos los sufrimientos y dolores.

Salvar a Fats

—AHORA MISMO hay una violencia increíble ahí abajo —me dice mientras se desploma en el asiento B. Yo estoy sentado en el A, junto a la ventanilla, ocupándome de mis asuntos, hojeando la fina revista *World Traveler*, donde acabo de dar con la imagen satinada de una playa de Acapulco; cuerpos untados de aceite, aguas de color turquesa y palmeras: el típico cebo para turistas. Ni siquiera me planteo viajar a México—. Solo la semana pasada mataron a diez policías —sigue diciendo—. Con las rodillas reventadas. Ejecuciones tipo guerra de bandas. —Se señala la sien con un dedo y aprieta el gatillo con un chasquido de la lengua.

—¿Ah, sí? —le digo, confiando en que capte mi frialdad, pero él sigue a lo suyo, en la inopia.

—Drogas, cárteles, ya sabes. Los Peces Gordos se han instalado en las mansiones pijas de color de rosa; han tomado la playa, los hoteles principales y la puñetera ciudad entera. Y están armados hasta los dientes. Lo más fácil es acabar atrapado en el fuego cruzado. No te enteras y ya te han pegado un tiro. —Esta vez me limito a emitir un «hum» de asentimiento, mientras él menea las caderas corpulentas de lado a lado para intentar abrocharse el cinturón sobre la panza colosal. Ya está sudando en abundancia. Me daba la sensación de que podía ser el típico que suda mucho y ahí está la confirmación: rezumándole de los profundos pliegues del cuello y cubriéndole la frente y la barbilla—. Lo mismo que pasó en Nueva Orleans —añade (aunque no consigo ver la conexión)—. Los saqueadores estaban mejor armados que la policía. Rifles AK-47, pistolas Glock y escopetas de doble cañón. Créeme, estuve allí.

—¿Ah, sí?

—En plena vorágine. Nunca había visto nada parecido, y eso que nací y me crie allí. La policía se escapaba y se escondía. Y era comprensible. Aquello se convirtió en una cuestión de supervivencia, pura y dura. Pero me cuento entre los afortunados. Un amigo mío tenía una barca. Había sido guardaespaldas de Fats Domino. Tenía una lancha de esas, ¿cómo las llaman? ¿Torpedo? No. Cigarette, eso es.

—¿Cigarette?

—Sí, un trasto alargado y estrecho de color naranja, con un pedazo de motor Buick, potente de narices, con los colectores metalizados. Como no tuvieras cuidado, salías disparado del agua. No sé de dónde sacó el combustible. Debía de tener el depósito ya lleno. En fin, iba escopeteando en su lancha cuando me vio en el tejado de mi casa, agarrado allí como un armadillo, y me tocó la bocina.

—¿La bocina?

—Sí, las lanchas cigarette tienen unas bocinas de lo más pijo. Como de deportivo europeo. Total, que se puso a largar una melodía idiota que parecía sacada de *Goldfinger* o algo así. Como si estuviera intentando ligarse a unas chavalas. Y allí estaba yo, sentado a horcajadas sobre las tejas, en gallumbos, y no lo reconocí en absoluto, pero llevaba una camisa hawaiana y me estaba gritando que me tirara al agua y que él me recogería.

—¿Había subido mucho el nivel del agua?

—¡Mucho! O sea, ya llegaba a las buhardillas y seguía subiendo, y además era un mejunje negro como el alquitrán que arrastraba toda clase de botellas de leche de plástico y trozos de carrocería de coche y teles. Y perrillos nadando en círculos, con los ojos saliéndoseles de las órbitas.

—¿O sea que saltó usted?

—¿Si salté? No, colega. Me deslicé en plan tobogán. No se me da bien saltar, como puedes ver claramente. Me deslicé hasta abajo hasta meterme en aquel limo viscoso y él vino y me tiró una cuerda... mi amigo.

—¿El guardaespaldas?

—Ese.

—Bueno, fue un acto bastante heroico.

—Ya lo creo. Es un tipo bastante heroico. Es su trabajo. La protección. La seguridad.

—Hacer de héroe.

—Exacto. También le salvó la vida a Fats.

—¿A Fats Domino?

—El mismo.

—¿Al famoso Fats Domino?

—El de «Blueberry Hill».

—Uau, cuesta de creer.

—¿Por qué cuesta de creer?

—Bueno, o sea, yo escuchaba su música en el instituto.

—Tú y todos, ¿no?

—Ya sé, pero...

—Vive ahí, en el Distrito Noveno. Es donde lo salvamos. En su casa misma.

—Oí que había estado desaparecido...

—Lo estuvo, pero lo salvamos.

—¿El mismo día en que usted... o sea, el mismo día en que el tipo de la barca cigarette naranja lo recogió a usted?

—Estaba yendo de camino a recoger a Fats cuando me vio agarrado a mi tejado.

—¿Y entonces, cuando lo tuvo a usted a bordo, los dos se fueron zumbando a casa de Fats Domino y lo salvaron también? ¿Eso me está diciendo? ¿Es lo que me quiere hacer creer?

—No sé si «zumbando» es la palabra. No se podía ir muy deprisa, por culpa de toda la chatarra que llevaba el agua. O sea, nos pasaban al lado nogales adultos y neveras. No te creerías la de mierda que llevaba aquella agua.

—¿Y gente?

—¿Cómo?

—¿Llevaba a mucha gente? ¿Nadando?

—Cuerpos. Flotando.

—¿En serio?

—Habrás visto las fotos, ¿no? Las ha visto todo el mundo. Cuerpos por todas partes. Animales. Caballos. Era increíble la fuerza de aquella agua.

—Seguro que...

—¿Sabes cuando ves normalmente el agua, ahí quieta, lisa y azul, tan bonita cuando le da el sol, o de noche, bajo la luna, en paz... y te da ganas de enamorarte o de hacer alguna tontería? Ajá. Pues aquella agua era un monstruo furioso, te lo aseguro. Era un horror puro y duro.

—¿Y dónde encontraron ustedes a Fats? ¿Dónde estaba?

—Pues también estaba subido a su tejado. Igual que yo; agarrado a los ladrillos de la chimenea y tratando de no perder el equilibrio. Llevaba unos zapatos relucientes como de charol, ya sabes, de esos que tienen lacitos negros elásticos. Muy monos. Debía de haber estado a punto de ir a un concierto, o acababa de volver de uno, o quizás era el calzado que llevaba por la casa. No lo sé. Pero iba en esmoquin, eso sí. Esmoquin completo.

—¿En esmoquin?

—Con la faja, los gemelos, todo. Era como si la puñetera emergencia lo hubiera pillado completamente desprevenido. Y no se quería mojar la ropa de figurín. Le dijimos que se quitara los zapatos para tener mejor agarre, pero no quiso. Dijo que se los acababa de comprar y que le habían costado más que el traje entero. Empezó a resbalarse por todo el tejado con aquellas suelecitas de cuero, y no tiene constitución para ir rápido, ya sabes. De ahí el nombre, Fats. Es como un peluche enorme, como yo; la misma figura que yo. Y allí estábamos los dos, el guardaespaldas y yo, sentados en la barca y temiendo que se fuera a caer de cabeza de aquel tejado inclinado y ahogarse en el mejunje. Hasta que lo convencimos para que se sentara y bajara poquito a poco deslizándose sobre el trasero hasta nosotros. Más o menos como lo había hecho yo.

—¿Y lo subisteis a bordo?

—Sí. Conseguimos subirlo a la lancha cigarette naranja, a base de amabilidad y coerción. Estaba alterado y jadeando, haciendo unos ruidos raros con la nariz. Y lo podíamos entender, teniendo en cuenta la situación de la que venía y su... estado físico en general. Ya sabes, la corpulencia y todo eso. Pero luego le empezaron a temblar los hombros, aquellos hombros enormes, y vimos que estaba llorando. Y le dijimos: «Fats, ¿qué te pasa? ¿Qué te pasa, Fats? Ya estás fuera de peligro, hombre. Estás en la barca. Ya te tenemos a salvo. Te vamos a sacar de aquí». Pero él siguió lloriqueando y berreando como si se le acabara de morir su madre o algo así. De manera que le pregunté: «¿Se ha quedado alguien en tu casa, Fats? ¿Se ha quedado alguien dentro?». Y el agua negra seguía rompiendo contra las ventanas de su casita blanca, y me vino a la cabeza que allí dentro no podía quedar nadie vivo, porque el agua lo cubría todo y estaba demasiado sucia. Y entonces Fats dijo: «mi piano». Así, tal cual. Palabras textuales. «Mi piano está ahí». Y en aquel momento justo, exactamente cuando lo dijo, vimos pasar su piano flotando frente a la puerta de la casa. Se debía de haber escapado por una ventana o algo, porque ahí estaba, meciéndose de lado a lado como si fuera una pequeña ciudad blanca. Un piano de media cola. Meciéndose con un movimiento bonito, como si se estuviera tocando un vals silencioso a sí mismo. Y cuando Fats lo vio, me dio la sensación de que se iba a tirar al agua. Tuvimos que agarrarlo para impedírselo. Por Dios, estaba dispuesto a tirarse a la corriente para salvar aquel trasto, como si fuera su hijo único.

—¿Y qué pasó? ¿Conseguisteis salvarle su piano?

—Lo cazamos. Le atamos cuerdas a las patas y nos pusimos a remolcarlo muy despacio, sacándolo del vecindario por la Avenida Caffin. Y era digno de verse: Fats allí sentado junto al motor metalizado, con su esmoquin y sus zapatos italianos elegantes y sin quitarle la vista de encima ni un momento a aquel piano de media cola. Con la vista clavada, como si pensara que si apartaba la vista un segundo el trasto se hundiría y desaparecería. ¿Y sabes qué pasó entonces? Pues que se partió una de las patas del piano. Estábamos llegando a la Calle Montereau, intentando doblar aquella curva enorme que rodeaba el dique, cuando la pata se partió por la mitad y el piano volcó y se fue para el fondo.

—¿Se hundió?

—Del todo. Así pues, todo volvió a empezar. Tuvimos que sujetar a Fats a la borda, porque estaba tan nervioso que teníamos miedo de que nos hiciera volcar. Se había convertido en un hombre desesperado, barriéndolo todo con la mirada y escrutando el agua en busca de algún indicio. Y de pronto, ¡paf! El trasto volvió a aparecer, blanco y reluciente y sonriéndonos con su dentadura. Nos quedaba una cuerda atada a la otra pata, pero el piano ya no se dejaba remolcar como antes. Estaba provocando que la lancha entera se escorara a un lado y que la proa se levantara como si estuviera a punto de dar una vuelta de campana y caernos encima. De manera que mi amigo el guardaespaldas dijo que íbamos a tener que cortar la cuerda para no acabar ahogándonos; sacó uno de esos cuchillos con dientes de sierra que llevan los equipos de operaciones especiales y Fats se puso a gritar: «¡No! ¡No! ¡Es mi piano, hombre! ¡No puedes dejar escapar mi piano! ¡No lo encontraré nunca!». ¡Y va y se tira por la borda!

—¡No!

—Lo juro por Dios. Se tiró cuan gordo era por la proa de la lancha, que era donde estaba el motor encendido, y se puso a patalear en esmoquin, intentando nadar estilo perro hasta su piano medio hundido, mientras mi amigo apagaba el motor para que no convirtiera a Fats en carne picada. Y por fin la lancha dejó de moverse tanto y Fats encontró la cuerda y avanzó poco a poco por ella hacia el piano de media cola, mientras decía algo; estaba hablando en voz alta mientras pataleaba. Al principio me pareció que estaba hablando con nosotros, pero no, estaba hablando con aquel piano suyo, y le estaba diciendo: «todo irá bien», con voz suave y dulce: «todo va a ir bien, tranquilo». Así le hablaba. Igual que se lo repetirías a un crío que no puede bajar de un árbol al que estás intentando trepar a la vez que intentas tranquilizarlo: «todo irá bien», una y otra vez. Y la cabeza enorme y los hombros de Fats avanzaron lentamente hacia el teclado mientras le seguía hablando en voz baja, y nosotros dos contuvimos la respiración y esperamos a ver qué pasaba. ¿Qué íbamos a hacer ahora? Teníamos el motor parado. Teníamos a Fats Domino en el agua y estábamos atados a aquel puñetero piano de media cola, bamboleándonos en aquella sopa mientras todas las tripas de Nueva Orleans pasaban bramando a nuestro alrededor en dirección al Golfo de México.

—¿Pero en aquel momento el agua seguía subiendo?

—La inundación se había parado un poco, pero se estaba haciendo oscuro y nada funcionaba. No había luz. El suministro eléctrico se había jodido y estaban apareciendo incendios por todos lados. Cables eléctricos partiéndose y chisporroteando. Gente gritando. Se oían voces llamar a lo lejos, pero no podíamos hacer nada. Pasaba gente flotando agarrada a las puertas de su casa, a cachos de aislamiento azul, de poliestireno o de cualquier escombro que flotara. Solo te podías quedar ahí sentado y verlos ir y venir. Impotente. Tan impotente tú como ellos. A algunos los reconocías del barrio. Los llamabas. Te contestaban a voz en grito y se los llevaba la corriente. Y Fats... Fats nos gritó que le tiráramos otra cuerda y nosotros le gritamos: «¡Fats, tienes que volver a la barca ahora mismo! ¡Te tenemos que sacar de aquí! Está oscureciendo y necesitamos encontrar la manera de salir de este marrón». Y él nos dijo: «¡No pienso irme sin mi piano, colega! ¡No pienso irme sin él!». De manera que le tiramos otra cuerda y él la agarró y se puso a enrollársela en torno al pecho y por encima de la faja y por fin ató la punta a la otra pata del piano. Y le dijimos: «¡Fats, no te ates con esa cuerda! ¡Como se hunda el piano, te vas detrás de él seguro!». Y eso fue exactamente lo que pasó justo entonces.

—¿Que se hundió?

—El piano lo arrastró hacia abajo. Los dos se hundieron y desaparecieron. Mi amigo el guardaespaldas saltó detrás de ellos con el cuchillo de dientes de tiburón y de pronto me vi con la mierda hasta el cuello: estaba solo en la barca y no tenía ni puñetera idea de cómo arrancar el motor. Apenas conocía el Distrito Noveno a la luz del día y seco, y ahora estaba todo bajo el agua y se estaba poniendo igual de oscuro que la boca de un lobo. Y entonces me vino algo a la cabeza, y fue lo que me heló del todo la sangre... ¿quieres saber lo que me vino a la cabeza?

—¿Qué?

—Cocodrilos.

—¿Cocodrilos?

—Cocodrilos, al acecho. Era obvio que tenía que haberlos. Había carne muerta por todos lados. Aquello era como una cafetería para cocodrilos. Pero antes de dejarme llevar por aquella idea, aparecieron flotando otra vez Fats y el piano de media cola, como un delfín que emergía a la superficie. Y ahora Fats estaba sentado sobre una esquina del piano, atado a él; sentado en el extremo de los bajos del teclado, sonriendo y escupiendo agua y riéndose con una sonrisa de oreja a oreja: «¡Ahora sí que todo va a ir bien! ¡Todo va a salir bien!». Y no teníamos razón alguna para no darle crédito. El piano estaba flotando sobre las aguas igual de horizontal que una tabla, y Fats iba sentado en él como si se fuera a beber un cóctel, y mi amigo volvió a subir a bordo de la barca, con el cuchillo entre los dientes, arrancó el motor y nos largamos de allí como si fuéramos la cola del desfile de un puñetero Mardi Gras en ruinas.

—¿Y lo sacasteis de allí? ¿Lo llevasteis a tierra firme? ¿Salvasteis a Fats Domino?

—A él y a su piano. A los dos.

—¡Es increíble! ¡Le salvaste la vida a Fats Domino!

—Totalmente cierto. Bueno, se la salvamos mi amigo y yo.

—El guardaespaldas.

—Eso mismo.

—Increíble.

—A veces no me lo creo ni yo.

—Debes de sentir un orgullo tremendo.

—Pues sí. La verdad es que sí.

Estamos sobrevolando Detroit, contemplando las luces resplandecientes que se empiezan a encender a esta hora. Luego empieza a emerger del Noroeste la masa gris oscuro en forma de cabeza de lobo del Lago Superior. Mi compañero de vuelo hace una pequeña pausa para comerse un tentempié. Le arranca el borde a una magdalena de arándanos, se lo mete en la boca y menea los dedos para sacudirse las migas. Se relame las comisuras de la boca, se atusa el bigote y la barba y por fin se seca la humedad del cuello con la servilleta de tela. Sus ojos tienen un aire amable y ligeramente femenino, con unas pestañas muy largas hundidas en las mejillas gordezuelas. Me cuenta que para él hoy es el «Día 52» después de la inundación. Cincuenta y dos días deambulando por el país al volante de una furgoneta Dodge, sin más pertenencias que las que tiró apresuradamente en ella mientras huía de la ciudad que lo vio nacer. Desde el huracán no se ha quedado quieto; ha revisitado a ex mujeres, novias, parientes y amistades de la familia. De Biloxi a Memphis, pasando por Filadelfia, Nueva Jersey y Nueva York; subiendo lentamente hacia el norte. Ahora está volando a Saint Paul para localizar a una tía suya a la que no ha visto desde que tenía diez años. Confía en poder reconocerla todavía. Ella le ha dicho que tiene una cama de invitados. Luego cree que quizás ponga rumbo al oeste. Nunca ha estado en esa zona. Ni en Portland ni en Seattle.

—Quizás me haya llegado el momento de lanzarme a la aventura —me dice. Vuelvo a mi ejemplar de *World Traveler* simplemente porque no tengo nada que decirle—. Pero yo no te recomendaría Acapulco, la verdad —me repite, como si fuera yo el que está buscando cambiar de residencia—. Ahora mismo es peligroso de narices.

—No —le digo—. Solo estaba mirando las fotos.

—Prácticamente no hay sitio que no sea peligroso, si lo piensas.

—Intento evitarlo.

—¿El qué?

—Pensar en eso.

—Ah, bueno... Sí. Seguramente es una buena estrategia. De lo contrario, nunca viajarías a ningún lado, ¿verdad?

—Seguramente no. —Devuelvo la revista al bolsillo del respaldo del asiento de delante y recoloco mi asiento mientras iniciamos el descenso a las Ciudades Gemelas. Mi amigo mordisquea su magdalena mientras mira al frente con expresión meditabunda. Parece que se ha adueñado de él un silencio profundo, como si la incógnita de su futuro inmediato se hubiera vuelto tangible; un extraño compañero al que todavía se está acostumbrando. Al otro lado de la ventanilla, las luces desdibujadas de la autopista enmarcan la cabecera negra y trenzada del Misisipí, plácidas y remansadas en su lecho antes de iniciar el largo e inexorable viaje al sur, rumbo al Golfo de México.

—¿Te puedo preguntar solo una cosa? —le digo al hombre de Nueva Orleans. Vuelve a sacudir los dedos para echarse las migas sobre el regazo y de ahí las deja caer al suelo.

—Claro. ¿Por qué no? —me dice.

—¿De verdad pasó todo eso? Me refiero a lo de Fats, lo de salvar a Fats Domino. ¿O es algo que te has... bueno, imaginado?

Hace una pausa para contemplarse las rodillas gordinflonas y por fin levanta la vista hacia el techo de plástico, como si intentara atravesarlo con la mirada para ver pasar el cielo nocturno a toda velocidad.

—¿Qué más da eso? —me dice.

En conmemoración de Chappy Hardy
10/05 NYC

Bossier City, Luisiana

(Autopista 220)

El techo es demasiado bajo. No sé de qué está hecho. De pladur ignífugo, o algo igual de grueso. En algunas secciones se ven cuadraditos de ese material apretujados. Algunos de los cuadraditos no acaban de encajar. Hay agujeros oscuros por donde entra el aire. Lo veo. Veo el aire. Lo vigilo. No estoy seguro de si viene de fuera o de dentro. Podría ser viento del edificio mismo. Viento generado por el edificio, supongo. Y polvo. Partículas diminutas de suciedad flotante. Y bichos. Unos bichitos preciosos con unas alas alargadas como de encaje y las patas dobladas y articuladas. Pegados al cristal de la puerta corredera, con pinta de estarlo lamiendo. No sé qué podría haber en el cristal que les gustara lamer así. Sal, quizás. Estamos muy lejos del mar. Quizás una película de humedad pegajosa. Quizás algo dulce, aunque tampoco se me ocurre el qué. Aquí no hay nada dulce. Lo único que hay es gente desplazada de Nueva Orleans. Familias enteras viviendo a mi alrededor. En la habitación de al lado. Debe de haber unas diez personas en ella. De todas las edades, supongo. Se las oye. Son demasiadas para apiñarse en un solo cuarto. Se oye cómo intentan llevarse bien. Cómo intentan encontrar sitio para dormir codo con codo, en plan sardinas, o incluso para sentarse con un plato de comida. No hay ni un momento en que no estén cocinando. Se huele: cangrejos, arroz con langosta, todos esos platos cajún. Parece que siempre estén cocinando. Y cantando. Pero también se pelean. Siempre hay alguien avasallando a alguien. Familia. Hermanos peleándose. Cuñadas. Madres gritando. Niños berreando. Y de pronto todo el mundo para y se ríe. Nunca consigo oír el final del chiste, solo las risas. Quizás se estén burlando de alguien. No lo sé. Sería una posibilidad. Que estén humillando a alguien. Eso pasa. A veces los ves ir y venir con la ropa de la lavandería, o bien llevando a la habitación cerveza, Sprite light y cosas así. Se los distingue a la legua de la gente de Shreveport. Destacan. Pañuelos blancos en la cabeza, vestidos estampados exóticos con flores tropicales y loros volando por el pecho. Y también hablan distinto. Tienen esa entonación distinta que debe de venir de las profundidades de los pantanos de allí. Intento no mirarlos a los ojos. No sé por qué. No es que tenga miedo de nada. Simplemente no quiero que vean que me produce curiosidad su catástrofe. Ya sabes, no los quiero incomodar. Aunque no creo que se incomodaran. A veces pienso en la catástrofe. En lo cerca que está. Muy cerca. Aquí mismo, bajo la piel. En el hecho de que hay gente a quien nunca le toca y otra gente que no conoce otra cosa. Por ejemplo, esa gente de ahí al lado; hay alguno al que se le nota que su vida entera ha sido una cadena de catástrofes. Una encima de la otra, como cuentas malignas de un collar. El huracán simplemente es una más. Quizás la peor, pero una más. Quién sabe, quizás no hayan sido los primeros cadáveres que ven flotar boca abajo por las calles inundadas. Quizás no haya sido la primera vez que tienen que cargar con su madre a hombros, o pasarse tres días sin comer, o pelearse con un perro para sacar algo de un cubo de basura. ¿Cómo saberlo? A veces me quedo aquí tumbado preguntándomelo. Me quedo aquí tumbado mirando el ventilador del techo y escuchando a toda esa gente. Escuchando el ronroneo de la Autopista 220 al otro lado de la puerta corredera de cristal. Se ve a los camiones ir y venir de Dallas. Se oye a los bombarderos B-52, grandes como ciudades pequeñas, volando bajo todo el día. Volando en círculos en torno a la base aérea local; ejercitándose para ir a Irak, supongo. Ejercitándose para alguna catástrofe nueva. Para algo que se avecina. Quizás sepan algo que nosotros no sabemos. Estoy seguro de que sí. Seremos los últimos en enterarnos. ¿No crees? Siempre lo somos. Por el cielo se extienden unas estelas grandes y largas de combustible negro, más allá de Louisiana Downs, más allá del grasiento Río Rojo, donde los enormes y rutilantes casinos emiten sus centelleos de neón, jactándose de sus premios gordos, de sus pagos en metálico y de sus divertidos viajes a las Bahamas, mientras que aquí nadie tiene donde caerse muerto. Por lo menos, nadie a este lado del río.

Shreveport, Luisiana

tren
vagabundos amables
strippers
que todavía viven con sus padres aturdidos

llevo 30 días sin encender la tele

en la puerta de al lado, el 311
un agente de tierras llamado Stuart me dejó una nota
contándome cómo se hizo vaquero
aunque ya no lo es
ahora es agente de tierras
a sueldo de la Natural Gas
decía que esperaba no aburrirme con la historia
(en la nota)

una botella de vino italiano pijo
con una nota azul
abierta en la encimera de la cocina
no tengo ni idea de quién
sabía que yo estaba viviendo allí

Gemir a Casey

I thought I heard that Casey when she moan
I thought I heard that Casey when she moan
She moanin' just like my woman was right on board

[Me pareció oír gemir a Casey
Me pareció oír gemir a Casey
Gemía como si a mi mujer le pareciera bien]

JOHN LUTHER JONES nació en un rincón perdido del sudeste de Missouri. A la tierna edad de trece años, su familia y él se mudaron a Cayce, Kentucky, población que ni siquiera he conseguido encontrar en mi plano de carreteras Rand McNally. Al parecer, estaba en la otra orilla de la larga confluencia de los ríos Ohio y Misisipí, delante de Cairo, Illinois, la ciudad portuaria que más importancia tuvo para el transporte de las tropas de la Unión durante la Guerra Civil; uno de los únicos cuatro accesos que existían entre los ferrocarriles del norte y los estados esclavistas del Sur Profundo. Su ubicación estratégica, según un testimonio, hacía que Cairo «pareciera una pistola cargada que apuntaba Misisipí abajo, a la garganta de la Confederación meridional». Más de veinte años después de que terminara la guerra, un día el joven Jones estaba sentado ensimismado a orillas del ancho río, viendo cómo las locomotoras de la compañía Illinois Central iban y venían cargando y descargando las barcazas blancas que bajaban a

Nueva Orleans. Sus largos penachos de humo parecidos a plumas parecían suspendidos eternamente sobre el agua a oscuras, haciéndole señales para que se encaminara a un destino irresistible. No tardó en hacerse fogonero de la Illinois Central, abasteciendo las calderas rugientes de los motores que transportaban a multitudes enormes hasta Chicago para asistir a la Exposición Universal Colombina celebrada en Jackson Park. Enseguida al chaval le pusieron el apodo «Casey» por su pueblo natal de Kentucky, y el cuerpo se le curtió hasta parecer la leña que tiraba a las voraces calderas. En febrero de 1890, y aunque todavía no había cumplido veintiséis años, a Casey Jones lo ascendieron a maquinista y se hizo famoso por ser capaz de tocar melodías con el Calíope de seis tonos de la locomotora. Su favorita era el clásico de Stephen Foster, «My Old Kentucky Home». A principios de enero de 1900, lo volvieron a ascender a la línea Memphis-Canton, el tren de pasajeros más rápido que se había construido nunca: el *Expreso bala de cañón*. Poco antes de la medianoche del 29 de abril de 1900, a Jones y su leal fogonero, Sim Webb, les pidieron que condujeran el *Bala de cañón* que partía de Memphis hacia el sur, a pesar de que acababan de bajarse del tren recién llegado a la ciudad en sentido opuesto y estaban agotados. Cuando Casey salió de la estación de Memphis para emprender el trayecto de 188 millas en dirección sur de regreso a Canton, Misisipí, el tren de pasajeros de seis vagones ya llevaba noventa y cinco minutos de retraso. A John no le gustaba llegar tarde, y urgió a Sim Webb para que alimentara al dragón con ahínco. Mientras cruzaban la noche como un cohete, por entre los densos bosques de hoja caduca de Misisipí, el *Bala de cañón* no tardó en devorar el tiempo perdido. En las afueras de Vaughan, un pequeño apeadero situado a catorce millas de Canton, los aguardaba una extraña combinación de accidentes del destino: el motor a toda potencia de Casey, un tren de carga parado más adelante en la vía al que se le había roto una manguera de aire comprimido y la ausencia total de señales de bloqueo en la línea del sur. Casey corrió al freno y le gritó a Sim Webb que se tirara del tren. Las ruedas de acero chirriantes rociaron de chispas el bosque a oscuras. Casey permaneció en su puesto. Sim Webb saltó para salvarse. Ningún otro miembro de la tripulación o pasajero sufrió más que heridas leves. Pero Casey no salió de aquella.

El señor Williams

Te lo aseguro, se había quedado de pie y muerto. Fiambre. Yo estaba allí. Habitación 17, Hotel Andrew Johnson, Knoxville, 1953. Estaba allí con él en la habitación. Sujetándolo por un lado mientras el tipo que conducía, su chofer, lo aguantaba por el otro. Creo que se llamaba Carr, el conductor. Charlie Carr. Me acuerdo de todo eso. No me preguntéis por qué. No me acuerdo ni de qué he desayunado hoy, pero sí de todo aquello, y con un recuerdo más nítido que el tañido de una campana de bronce. Es una experiencia que no se olvida, cambiarle la ropa a un muerto. Te lo aseguro, era como un muñeco. Y durante el tiempo que tardamos en ponerle la ropa, el conductor aquel, el tal Carr, seguía convencido de que estaba vivo. Hasta hizo subir a la habitación a un médico para que le diera un chute de morfina y B_{12}. Además de toda la cerveza y el whisky que llevaba en el cuerpo, más las pastillas y qué sé yo. Estaba hecho polvo, el tío. Para serte sincero, creo que fue aquel médico el que lo mató. Estoy convencido, vamos, porque de lo que no cabe duda es de que ya estaba fiambre cuando le pusimos la ropa limpia. Tieso como un palo. Aunque hizo un ruido. Le salió un crujido, como cuando el viento agita hojas secas. Seguramente fue eso lo que hizo creer a Carr que todavía le quedaba algo de vida. Pero aquel ruido había sido el estertor, nada más. Aire escapando del cadáver, como un fantasma que se larga con viento fresco antes de que se cierre la puerta. Es un ruido que he oído antes, créeme. Cuando eres portero de hotel, ves muchas idas y venidas. Ves de todo. Putas acuchilladas en la cara. Suicidios. Una vez se me tiró por una ventana una pareja de chavales, desde una octava planta. Se tiraron por la puñetera ventana, cogidos de la mano. Chico y chica. Debían de tener diecinueve o veinte años como mucho. Y la chavala estaba embarazada. Eso fue lo más triste. Pero el señor Williams, allí tieso como un palo... No lo olvidaré nunca. Lo pusimos bien guapo con aquel traje nuevo, de color azul intenso, camisa nueva blanca y corbata amarilla con una palmerita bordada en el centro. Son cosas que se te graban en la memoria, por alguna razón. Unas botas negras relucientes hechas en Fort Worth con notas musicales y guitarritas doradas repujadas en el cuero, danzándole por toda la puntera y el tacón. Después de darle la vuelta sobre el colchón le dejamos el sombrero Stetson al lado en la cama con la copa hacia abajo. Fue entonces cuando le salió aquel ruido. Pero estaba completamente muerto, lo juro. Era obvio por su forma de desplomarse en la cama. Pero el conductor, el tal Charlie Carr, no paraba de decir que lo tenía que volver a bajar al Cadillac. Tenía que dar un bolo en Canton, Ohio, no sé dónde, en algún restaurante de carretera o teatro o algo así. Tenía unas dos horas para llegar, dijo. De forma que lo levantamos de la cama y lo volvimos a poner de pie; le pasamos los brazos muertos por nuestros hombros, le plantamos el sombrero Stetson en la cabeza, salimos por la puerta y bajamos las escaleras, con las botas arrastrándole y aporreando todos los peldaños hasta llegar a recepción. Cuando pasamos a su lado, el recepcionista hizo el comentario ocurrente de que quizás el señor Williams llevara alguna copa de más. Nos reímos, Carr y yo, intentando quitarle importancia a todo, siguiendo el juego. Pero ahora me arrepiento de aquellas risas. A fin de cuentas, el hombre estaba muerto. Muerto con las botas puestas. Lo sacamos a la calle por la puerta giratoria y me acuerdo de que la farola le iluminó aquel traje azul eléctrico que llevaba. El azul debía de ser su color favorito, porque el Cadillac también era azul. De ese azul turquesa claro de los huevos de petirrojo. Carr abrió la portezuela de atrás con la mano libre y metimos al señor Williams en el coche, con tanto cuidado como pudimos, y volvió a salirle aquel ruido de dentro, por última vez. Recuerdo que en aquel momento me pareció terrible que le saliera de dentro aquel ruido a una persona. Y más a una persona que se había pasado toda su corta vida cantando como un ave hermosa. Un ruido terrible de verdad.

Five Spot

Estudiaba a Eric Dolphy todas las noches, muy de cerca, a veces en primera fila. 1963-1964; algo por el estilo. Miraba cómo Dolphy escuchaba; la espalda más recta que una escoba sobre su taburete alto de roble, como un monje, como un arrendajo regio; el clarinete bajo negro (¿o era un saxo soprano?) suspendido entre las rodillas, suspendido de una correa en torno al cuello; los ojos clavados en el suelo del escenario, viendo a través de él mientras Mingus aporreaba con sus dedos carnosos y su sonrisa cruel. Jaki Byard, Dannie Richmond; «Fables of Faubus». La perilla de faraón egipcio de Dolphy, larga y con un bulto al final, jeroglífica, contemplando la siguiente línea de la melodía; viendo cómo se acercaba, viendo su propia muerte en cuestión de días. La consternación de la cara de Mingus cuando regresó sin él. Dejando el cuerpo de Dolphy en Alemania, donde habían estado de gira; problemas en la sangre, negligencia médica. La incredulidad, el vacío, el agujero espantoso que quedó donde solía levantar su instrumento de regaliz a los cielos y alejarse volando, más allá del antiguo café Five Spot, que hoy es un Pizza Hut de mierda.

Knoxville, Tennessee

(Autopista 40)

¿Cómo aprendes algo «por tu cuenta»? Hay que suponer que una parte de ti sabe algo que quizás no sepa otra parte, lo cual es una sospecha mágica. En temas de voz (aparte de las limitaciones puramente físicas, como el tamaño de la tráquea o la forma de la boca y las cavidades nasales), ¿acaso hay algún territorio de la imaginación capaz de «moldear» la interpretación de una canción, de darle forma para que encaje con el timbre y el carácter de una voz más legendaria, como la del doctor Ralph Stanley? No hablo de una imitación de Ralph Stanley, sino de una especie de invocación. Me he dedicado a conducir por todas las montañas de Tennessee, al sur del Cumberland Gap, desgañitándome para cantar igual que el doctor Stanley; repitiendo el tema de una grabación vetusta que debió de hacer en el porche de atrás de su cabaña de Virginia. De fondo se oye el batir de las puertas correderas, el llanto de un bebé, un perro lejano y las ráfagas intermitentes del canto de las cigarras. La canción en sí es mucho más antigua que la grabación; un himno a *cappella* titulado «Poor Pilgrim» que debió de llegar a América cruzando el gran océano, junto con la primera ola de inmigrantes escoto-irlandeses. Esta es su letra atormentada:

I soon shall reach the bright glory
where mortals no more complain
The old ship is approaching
the Captain is calling my name
Sometimes I'm tossed and I'm driven
and know not where to roam
But I've heard of a city called heaven
and I've started to make it my home
Hark, what is that I see coming
my blood's running cold and slow
But Jesus can quiet the Jordan
and pilot me through as I go

[Pronto alcanzaré la gloria luminosa / donde ya no más se quejan los mortales / veo acercarse la vieja nave / y al capitán llamarme por mi nombre / a veces me veo empujado y arrastrado / y no sé hacia dónde ir / pero he oído hablar de una ciudad llamada paraíso / y he empezado a construir allí mi hogar / Escuchad: ¿qué es eso que oigo avecinarse? / la sangre me va lenta y helada / pero Cristo puede aquietar el Jordán / y hacerme de piloto por sus aguas].

Es imposible describir sobre el papel los extraordinarios cambios de modulación y el fraseo increíble que le imprime la voz de Stanley a cada palabra y frase; rematando cada verso con un breve «yip» que se remonta a ciertos cantos marítimos como «Blood Red Roses», que los marineros de antaño entonaban con aprensión cuando rodeaban el Cabo de Hornos en medio de corrientes terribles, de camino a la Fiebre del Oro. El mismo «yip» reaparece más adelante por vías insondables en torno a las fogatas de los vaqueros de Texas, que le cantan a la luna y a las estrellas, y hasta debió de influir mucho más tarde en los trinos agudos de Jimmie Rodgers y Hank Williams. Todo tiene su origen. Es triste decirlo, pero el estilo modal de canto que encarna

Ralph Stanley (y que no es un estilo sino una creencia; una forma de vida) ha desaparecido prácticamente en esta época de «sampleado» y voces electrónicas. El único lugar donde he oído algo parecido fue un pub de Irlanda llamado The Cobblestone, donde un hombre llamado Seamus Fitzpatrick se plantó a media tarde y desgranó una balada de veintisiete estrofas en la tradición sean-nós en honor a su padre muerto. El pub entero guardó un silencio cabizbajo y abstraído en sus pintas negras de Guinness, salvo aquellos que conocían la canción de sus infancias y cantaron a coro con Seamus, sin saltarse ni una palabra del relato. Al terminar la estrofa veintisiete, el sol ya empezaba a ponerse al otro lado de las ventanas sucias de tabaco, y la melodía todavía flotaba poderosamente en el aire.

Cabeza en el mundo

Es obvio que la noche anterior me había imaginado cómo podría ser. Proyecciones. Imágenes, supongo. En la cabeza. De cómo podría ser mi cabeza. Decapitada. Segada de repente. Separada del cuerpo. Está claro que nadie más te podrá contar la experiencia. Pasar por el cadalso y volver para contarlo. Salvo yo. Quizás. Es pronto para saberlo. Quizás yo sea el único. ¿Quién sabe? Habría que peinar el planeta en busca de pruebas. ¿Es posible? ¿Soy el único? Está claro que no. No lo sé. Es algo que me supera. El ahora. Este ahora, quiero decir. Estar en el mundo. Estar por ahí. Estar en medio de la acción sin cuerpo. Rodando por ahí. No hay precedentes. Aun así, la noche antes de la ejecución me pasaban cosas por la cabeza. Para expresarlo de alguna manera. Por la mente que tengo en la cabeza. Pensamientos desenfrenados. Créeme. Te lo puedes imaginar. El filo resplandeciente. El cuello blanco. La expectación. ¿Cómo describirlo? La separación limpia. Había oído rumores sobre la brusquedad del golpe, sobre el choque abrupto del acero contra el hueso que viene a continuación, y también sobre cierto autoengaño que te hace creer que ambas cosas pueden todavía estar conectadas. La cabeza y el cuerpo. El vínculo del cuello. Como cuando las dos mitades de una serpiente de cascabel se siguen retorciendo después de que la cortes en dos. O los pollos corren decapitados. Algo parecido. O como cuando vieron que la cabeza de la reina María de Escocia seguía parloteando un cuarto de hora largo después de que el verdugo se paseara de un lado a otro por el cadalso, presentándosela a la multitud, agarrándola por la mata de pelo rojo y rizado; los ojos muy abiertos y el mentón subiendo y bajando sin articular palabras. Como si la cabeza siguiera perteneciendo a los vivos; una última expresión de sí misma, un intento desesperado de existir. No lo sé. Yo no estaba presente. Son cosas difíciles de describir, a la hora de la verdad. ¿«Suspendida»? ¿«Flotando»? No hay nada que lo exprese de forma exacta. Pero fue inmediato, eso sí. Eso sí lo diré. Un poco como ese truco tan visto en que el prestidigitador estira de golpe el mantel para arrancarlo de la mesa y todos los platos y copas se quedan exactamente donde están. Algo parecido. O como el hecho de que cuando hay un apagón todo el mundo guarda silencio de repente. Todo el mundo esperando a que el mundo se desplome, aunque ya lo ha hecho.

Es curiosa, sin embargo, esta vaga nostalgia de hogar. Este anhelo de un lugar. Del lugar que sea. ¿A qué se debe, a fin de cuentas? ¿Por qué un lago, por ejemplo, cuando yo vengo del desierto? Calor y arena. ¿Por qué un lago, por el amor de Dios?

De repente

«De repente», la expresión que más usa Dostoievski. Me lo dijo alguien. Un experto en Dostoievski. «De repente». Como si se pudiera traducir a palabras cualquier tipo de acción: música repentina. Girarse de repente. De repente. Como si nunca viera el proceso.

En la vieja casa todos están enfermos menos yo. Silencio, salvo por los ronquidos, las toses y los trayectos ocasionales al lavabo. Al otro lado de las ventanas, nieve por todas partes. No te puedes asomar sin verla. Invierno repentino. Ríos helados. Árboles yermos. Un avioncito plateado dibujado sobre un cielo inmóvil de tiza. Repentina y completamente solo.

Hombre blanco, alto y delgado

HAY UN HOMBRE BLANCO, alto y delgado, con gafas de montura metálica (de los años 30) frente a un espejo, afeitándose las orejas con una maquinilla eléctrica; murmurando por lo bajo para sí mismo (o para otro, no estamos seguros), murmurando por lo bajo para alguien que no está presente, alguien invisible, imaginario (casi seguro una mujer, aunque esta información es más para el actor que para nosotros).

* * *

Hay un hombre blanco y alto, flaco y desnudo, de edad ya avanzada, frente a un espejo que cuelga de un cable invisible (posiblemente monofilamento para sedal de pesca del más fino) afeitándose los pelos de la oreja y la nariz; recortándose las patillas y sacando crema de un tubo para untarse con cuidado la nariz mientras se pone a hablar con una mujer imaginaria usando la mímica. No se oye más ruido que el de la maquinilla eléctrica.

* * *

Hay un hombre blanco y delgado con gafas, de edad ya avanzada, panza abultada, calzoncillos blancos estilo bóxer con las pelotas colgando muy visiblemente a un lado y camiseta blanca de tirantes idéntica a la que llevaba Paul Newman en *Hud* (¿o era en *El buscavidas*?). En cualquier caso, la camiseta ajustada de tirantes todavía le resalta más la panza. Le pone mucha meticulosidad a afeitarse las orejas, los pelos de la nariz y a recortarse las patillas, y se pasa bastante rato ocupándose de un pelo negro, rebelde y rizado que le asoma del pómulo (y que el público no puede ver).

* * *

De vez en cuando (aunque no a menudo), el hombre blanco, alto y delgado apaga la maquinilla y habla en voz alta con una mujer imaginaria, suplicándole que se replantee su marcha tan repentina. Llega incluso a admitir que la echa mucho de menos, a pesar de que ella acaba de salir por la puerta y de cerrarla tras de sí con un discreto clic, evitando el portazo provocador. (Todo esto se puede improvisar, siempre y cuando el actor no se ponga preciosista ni a ir de escritor).

* * *

Hay un hombre blanco delgado y mayor, extremadamente alto (más de dos metros) con panza, camiseta sin mangas, calzoncillos bóxer y las pelotas colgando casi hasta las rodillas, de pie en un espacio vacío (sin decorado de ninguna clase), iluminado de costado y sin música, mirando inexpresivamente al público (no se le pueden leer emociones en la cara), los brazos colgando inertes a los costados, en la mano una maquinilla eléctrica encendida, que hace un ruido parecido al de un taladro de dentista o quizás al de una motosierra lejana. Al cabo de un rato (no demasiado) apaga la maquinilla y se hace el silencio salvo por las toses esporádicas y los movimientos nerviosos del público, que gradualmente dejan paso a la fascinación cuando la mirada del hombre blanco, alto y delgado se vuelve más y más específica y empieza a quedar claro que se está examinando la cara en un espejo imaginario, hurgándose una serie de manchas rojas y secas en la nariz que parece haber sufrido como resultado de la exposición extrema al sol, o al viento, o a ambas cosas, o simplemente del descuido abyecto de sí mismo. Se saca un tubo de crema de los calzoncillos bóxer blancos, se pone un poco en el dedo y se unta primero la nariz escamosa y después las pelotas colgantes. La nariz se le pone blanca como una bombilla y las pelotas azules. A continuación se pone a hablar en voz alta con una mujer imaginaria que parece haberse marchado hace poco. Le explica con detalle el agujero enorme que su marcha le ha dejado en el pecho (y que el público no puede ver) y lo imposible que le va a resultar seguir adelante sin ella. Le empiezan a brillar intermitentemente las pelotas azules. Luego la nariz blanca. Le parpadean en síncopa alterna.

Vuelve a encender la maquinilla eléctrica y se afeita las orejas y la nariz y se recorta las patillas. Durante este procedimiento metódico, las luces (azul claro) funden muy despacio a negro. Sin música de ninguna clase. La maquinilla continúa funcionando a oscuras. Las pelotas y la nariz del hombre blanco, alto y flaco siguen brillando intermitentemente en la negrura. Parpadean sin cesar hasta que se ha marchado todo el público.

Guerrero Perpetuo

Así se hacía llamar, imagínate: el Guerrero Perpetuo. Se jactaba de ello en todos los bares. Y decía que, ahora que había guerra perpetua, seguro que encajaba de maravilla. Luego se reía y escupía sobre el serrín del suelo. Se echaba al gollete otro chupito de Jameson. Se ponía a hablar de algo que llamaba un «conjuro meticulosamente desarrollado» contra el dolor repentino. Así se lo describía a todas las mujeres. La clase de dolor que viene de improviso y que te deja en *shock* todo el cuerpo, la mente y el espíritu. Un dolor inimaginable. Después se ponía a explicar con detalle que el poder de aquel conjuro procedía de las rimas y ritmos de un poema islandés antiguo llamado *Cantar de la lanza*, que había pasado de boca en boca durante siglos, desde la Batalla de Clontarf. Según la leyenda, en la mañana previa al conflicto doce valkirias habían cantado el poema al unísono a lomos de sus caballos de guerra. El viento procedente del Mar de Irlanda les agitaba las melenas trenzadas y manchadas de sangre. Las cabezas cortadas y empaladas en las puntas de sus lanzas giraban en armonía irregular en sentido contrario a las agujas del reloj. Se oía algo parecido al runrún de un huracán lejano. Por entre los hombros y los escudos de las guerreras iban y venían unos cuervos enormes. En cuanto terminaron su encantamiento, se alejaron cabalgando por el aire hacia el campo de batalla para decretar quiénes debían morir.

Se pasaba horas contando aquellas cosas, sumido en fantasías de whisky, y siempre se las apañaba para seducir a alguna chavala perdida de mirada entusiasta, vulnerable a la exageración épica.

Livingston, Montana

—Y TRATA DE NO SER SECO con ella —me dice por el teléfono, ya dándome órdenes y provocando que me ponga a la defensiva—. Es una mujer muy agradable y solo nos está intentando ayudar.

—¿Ayudar a qué? —le digo—. ¿Dónde demonios estáis, a todo esto?

—Ya te lo he dicho, estamos en el aeropuerto y esta mujer, la señora Adams, se llama, solo quiere que le verifiques que Jackson es hijo nuestro y que le das permiso para que viaje conmigo a México.

—¿Pero quién es?

—Es una de las agentes de aduanas de aquí. Solo quiere saber si le das permiso para que salga del país.

—¿Y cómo puede estar segura de que soy el padre?

—Porque se lo vas a decir.

—Pero podría ser cualquiera.

—Pero no lo eres. Eres el padre.

—Pero podrías haber llamado a cualquiera y haberle dicho a la mujer que era el padre, sin que lo fuera.

—Intenta por una vez no complicar tanto las cosas y cooperar conmigo, ¿de acuerdo? Solo por una vez.

—Estoy cooperando.

—Muy bien, ahora te la voy a pasar. Se llama señora Adams.

—Señora Adams. Muy bien. Pásamela.

—Intenta ser amable.

—Pásamela, anda.

—Te la paso.

Una voz inexpresiva de funcionaria se presenta a través de mi estupor de tequila mientras bajo las piernas de la cama y me quedo mirando la pared vacía del Templo Masónico de la acera de enfrente.

—Buenos días, señor Noland, me llamo Becky Adams y soy la notaria de guardia en el Aeropuerto de Newark. Necesitamos que nos confirme que Jackson Noland es hijo legítimo de usted y que le concede permiso para que salga del país y viaje a México con su madre, Jasmine Macey.

—¿Quién? —le digo, buscando a tientas mi encendedor junto al reloj digital.

—Jasmine Macey —me repite.

—Nunca he oído ese nombre.

—¿Nunca ha oído el nombre Jasmine Macey?

—No, señora. Me suena a nombre falso. A nombre inventado. ¿No le parece?

—Pues afirma ser la madre del hijo de usted, Jackson Noland, y tiene intención de llevárselo a México.

—Pues mire, está mintiendo y no pienso dar ningún puñetero permiso para nada. Pásemela otra vez, a esa mujer, sea quien sea. Quiero hablar con ella.

—¿Qué está pasando? —me dice la madre de mi hijo—. ¿Qué le has dicho?

—¿Por qué estás yendo a México? —le pregunto.

—¿Cómo que por qué estoy yendo a México? Porque es Navidad. Ya lo hablamos. Te dije ya hace meses que me iba a pasar la Navidad en México.

—No me dijiste nada.

—¿Qué le has dicho a la señora Adams?

—Le he dicho que nunca he oído tu nombre.

—Oh, genial. ¡De puta madre! ¡Pero qué hijo de puta! ¿Pero a ti qué te pasa? ¿Qué puta desgracia de hombre eres?

—Una desgracia enorme.

—¡Es tu hijo! ¡Esto es para tu hijo!

—No te hace falta ir a pasar la Navidad a México.

—¡Lo teníamos planeado! ¡Ya compré los billetes, desgraciado!

—¿Por qué no venís aquí? Os gustaría. Jackson podría...

—¡No pienso ir a los bosques de Montana en pleno invierno! ¿Estás loco o qué?

—¿Por qué no? Se está bien. El aire es refrescante.

—¡Está bajo cero!

—Venid y lo probáis, anda.

—¿O sea que te niegas a dar tu permiso? ¿Es eso?

—No entiendo por qué te tienes que ir a pasar la Navidad a México.

—¿Sabes qué? —me dice—. Te odio. No hay nada en ti que no odie. Siempre te he odiado.

—No me extraña —le digo, y me cuelga de un golpe en todo el oído. El sol ilumina la pared enyesada del Templo Masónico. Me planteo ponerme de pie. Me planteo decirles a mis piernas que se yergan y se metan en los vaqueros. Mandar la señal del cerebro anegado a los pies inflados. Me pongo a buscar a tientas los cigarrillos. Me sigue resonando la voz en la cabeza, como si fuera el sistema de megafonía de un coche patrulla: «¡TE ODIO! ¡NO HAY NADA EN TI QUE NO ODIE! ¡SIEMPRE TE HE ODIADO!».

Silbido perdido

Anoche cuando dormíamos
Soñé que perdía a tu perro negro
Lo busqué por un pueblo desconocido
La gente vendía muebles rotos por la calle
Parecían sin blanca

Silbé para llamar a tu perro negro
Intenté silbar una y otra vez
Pero entre dientes y labios se me había estropeado algo
No me canalizaban el aliento
Solo me salía un susurro

Busqué a la desesperada, presa del pánico
Quizás más por haber perdido mi silbido que a tu perro
Aquel silbido que llevaba conmigo desde la infancia
Soplé y soplé
Pero no había forma de que tu perro pudiera oírme

Llegué a lo alto de una colina
Jadeando
Una casa blanca estucada con un pasillo abierto

Una mujer allí sentada doblando ropa
En pulcros montones

Al verme se levantó y exclamó:
¡Charles! ¡Charles!
Pero entonces vio que no era Charles
Y se puso a disculparse nerviosa
Secándose las manos en el delantal

Le dije que estaba buscando un perro negro
Pero no pareció interesarle lo más mínimo
Como si no me hubiera oído
Le dio por contarme que ahora hablaba sola todo el tiempo
Que no podía parar de hablar sola

Me siguió de vuelta colina abajo
Farfullando sin parar
No me podía deshacer de ella

Entonces me despertaste y me diste un codazo en las costillas
Me preguntaste por qué estaba dando vueltas en la cama
Intenté volver a dormirme sin éxito
Solo podía pensar en mi silbido perdido

Se me abrió un agujero en el pecho

Ella

¿ÉL? NO. ¿Estás de broma? Acabará igual que su padre. Espera y verás. Farfullando solo en un rincón del lobby de algún motel de Lubbock. Y nadie sabrá de dónde viene. Ni cómo ha llegado allí. Ni qué estaba haciendo en pleno día sin identificación, sin teléfono, sin acordarse de quién es ni de adónde está yendo. Le darán un cuenco de sopa y un trabajo limpiando ventanas con una espátula para cristales, pero no durará ni un día. Espera y verás. Acabará exactamente igual que su padre. Muerto en una cuneta sin testigos. Lo tengo más claro que el agua.

Majestad

(Autopista 101 Sur)

Paramos en un local de Paso Robles llamado Smith's y pedimos sopa de quingombó con pavo y tarta de merengue de limón con café solo. Puede parecer que los sabores se van a dar de patadas, pero de alguna manera la combinación funciona. En la máquina de discos suena el tema de *El Padrino*; es muy inquietante y siempre me recuerda a la escena aquella de la cabeza cortada de caballo. ¿Qué le pasa por la cabeza a Coppola? ¿Cómo se le puede ocurrir algo así a alguien? Hay que ser siciliano o algo parecido. La camarera del Smith's es flaca y tiene el peor acné que he visto en muchísimo tiempo. Parece que se esté ahogando en Clearasil, la pobre. Ya está sufriendo y solo tiene dieciséis años. La decoración del local es muy rara: del techo cuelgan unos ganchos antiguos para carne, o quizás sean para hielo. En cualquier caso, me parece una decoración incongruente para una cafetería de carretera. Después de soplar laboriosamente para enfriar su sopa de quingombó, Dennis, sin venir a cuento de nada, se pone a contarme que su tía ha tenido un ictus hace poco y no se acuerda de cómo se llaman las cosas. Sufre una especie de afasia o algo parecido. Parece que reconoce el objeto en sí, pero no se acuerda de su nombre correcto. Por ejemplo, en su mente *puerta* puede convertirse en *llave*, o *perro* puede convertirse en *bicho*. Se acerca, pero no acierta. Me acuerdo de que lo mismo me pasó a mí una vez de niño; no el ictus, pero sí lo de no acertar con los nombres de las cosas. Mi madre se alarmó mucho y me llevó a la nevera. Abrió la puerta y se puso a sacar cosas como por ejemplo un cubo de margarina, a ponérmelas en las narices y exigirme que le dijera cómo se llamaban. Yo sabía que no era mantequilla, porque nunca teníamos mantequilla, pero no me acordaba del otro nombre, así que la llamé «majestad». Me acuerdo del pánico de su cara, como si ahora también tuviera a un idiota por hijo, además de todas sus demás preocupaciones: mi viejo, los impuestos y el precio de la leche. Creo que también hacía un calor extremo. Aquel verano sufrimos una de esas olas de calor del desierto que se plantaban allí y te pasabas días y días llegando a los cuarenta y cinco grados en plena noche. Sin lluvia. Y eran los tiempos en que nadie había oído hablar del aire acondicionado. Las colinas estaban todas negras y cubiertas del humo de los incendios forestales, y cuando inspirabas notabas un regusto a ceniza al fondo de la lengua. Por la noche soñaba que las nubes se ponían a arder. En fin, no sé por qué tuve de repente aquel breve ataque de no saber cómo se llamaban las cosas. No duró mucho, pero fue igual de extraño para mí de lo que debió de ser para mi madre. Fui completamente incapaz de acordarme de cómo se llamaba la margarina. Y no paso nada más.

Manchas luminosas

OTRA ALARMA DE COCHE frenética y fútil. Secuencia de aullidos. Aspirada por la calle. Un lamento largo y hueco, como si te quedaras escuchando después de que se te parara en seco el corazón. En alguna parte por encima del cuerpo, mirando hacia abajo. Quizás en el techo. A veces me parece ver manchas luminosas en las carreteras del oeste. Como espacios abiertos. Balas redondas de paja y establos esculpidos con tiempo y nada más. Y ya está. Nada más que viento y lluvia. No hay explicación de por qué se me aparecen esas manchas fugaces. Quizás sean resultado del envejecimiento de los ojos. Manchas y rayitas. Como gusanitos blancos proyectados en la retina. O quizás sea la mente, que busca otra escapatoria. Registrando una vez más el asfalto negro. Una simple huida.

Luna de mediodía

(Autopista 152, *continuación*)

SE HIZO NOCHE CERRADA sobre la autopista y apareció una luna cortada por la mitad. Dennis dijo que debía estar en el punto medio exacto entre llena y nueva; una especie de luna de *mediodía*. Dennis había estudiado aquellas cosas. Salimos por la 101 a la altura de El Capitán Beach y pasamos bajo un viaducto, pero no pudimos encontrar el letrero del rancho que buscábamos. Paramos en un campo de béisbol de la Little League y echamos una meada. (Debía de ser de la Little League, porque las vallas se veían bastante cortas). Meamos en silencio. La luna era la única luz presente. Podíamos oír la espuma romper al otro lado de las gradas de madera, pero no podíamos ver las olas blancas en la oscuridad. Me las imaginé, sin embargo, y eso ya me pareció suficiente. El viento olía a algas y a peces muertos. Nos volvimos a apelotonar en el Chevy y por fin encontramos el rancho de Doug, a un par de millas carretera abajo. Doug era uno de aquellos compañeros míos de la secundaria que habían querido adiestrar pura sangres, pero había terminado regentando un establo temporal destartalado en el culo del mundo. Entramos en su cocina y le preguntamos a su mujer quién había ganado el partido entre los 49ers y los Giants, porque llevábamos días sin ver una tele. Ella estaba preparando una ensalada en el fregadero y nos dijo que no era fan del béisbol. Le intentamos explicar que aquello no era béisbol, pero enseguida lo dejamos estar. Se notaba que ya había decidido ponerse en contra tanto de nosotros como de la mala influencia que estábamos a punto de ejercer sobre su marido. Luego John y Dennis se enfrascaron en una partida de cartas con Doug, sentados en torno a una pesada mesa de hierro recubierta de azulejos mexicanos azules y amarillos donde también había una botella de bourbon de color ámbar claro y una vela. Creo que debía de ser un Woodford Reserve. Estoy seguro de que no era whisky, eso sí, porque Doug siempre trazaba una gran distinción entre ambas bebidas. Era todo un experto en bourbon, y explicaba que era una categoría completamente distinta debido al agua de manantial de Kentucky con que se hacía. La misma agua con que se criaban aquellos caballos de carreras de huesos fuertes que ganaban el Derby de Kentucky; alimentada por los mismos acuíferos profundos de caliza que mandaban calcio y minerales nutrientes hasta la hierba azul donde los caballos pastaban y meneaban las colas largas y negras. Recuerdo que, de niño, miraba el programa de las carreras y me preguntaba por qué todos los caballos que obtenían victorias importantes en Santa Anita eran nacidos y criados en Kentucky. Por entonces no había estado nunca al este del Misisipí.

No me interesaba el blackjack, de manera que caminé hasta el establo bajo la luna cortada para visitar a los caballos de Doug. Una lechuza me miró desde las vigas con su enorme pecho blanco. Una vez me había dicho un monje tibetano que las lechuzas vaticinaban la muerte, pero la verdad es que nunca las he visto así. Contemplé sus ojos amarillos y luminosos y me di cuenta de que era un muñeco, plantado allí para alejar a los ratones y las alimañas. A mí me había engañado, estaba claro.

Al día siguiente, en Los Ángeles, nos registramos en el Tropicana y llamamos a casa. «A casa». Me había olvidado de que tenía casa. Nuestra intención era informar a las mujeres de nuestro paradero. A decir verdad, no estoy seguro de que sintieran demasiada curiosidad al respecto. Lo más seguro era que estuvieran felices de haberse librado un tiempo de nosotros. Allí estábamos, compartiendo los tres una habitación del tamaño de una caja de zapatos y turnándonos para telefonear. Mirando la piscina humeante y las palmeras del otro lado de las puertas correderas de cristal. Mi mujer me contó que los condados de Marin y Sonoma habían quedado completamente inundados. Tres días seguidos de lluvias torrenciales. En las noticias lo habían declarado zona catastrófica. Costaba de creer, porque en todo el trayecto no habíamos experimentado ni una triste llovizna. Todas las mujeres y los niños estaban atrapados en la segunda planta de la casa junto con los perros. El sótano estaba inundado bajo un metro de agua. Después de colgar, John se acordó de su alijo de pornografía de coleccionista, de sus libros de fotografía histórica de la editorial Time-Life y, por supuesto, de su preciado original de Ansel Adams, todo guardado en unos estantes de madera de pino que ya debían de estar por debajo del nivel del agua. Volvió a llamar y le pidió a mi mujer que se lo trasladara todo a un estante más alto, porque la suya se negaba a acercarse a aquellas cosas. Mi mujer le dijo que para movérselos se iba a tener que poner botas de goma y bikini, y le preguntó qué pasaba si los libros ya estaban del todo estropeados. Sería todo una pérdida de tiempo. John le dijo que creía que se terminarían secando, si ella podía hacer ese esfuerzo, por favor. Incluso le ofreció pagarle. Después de que colgara, me vino a la cabeza de golpe aquella inundación que habíamos sufrido dos o tres años antes y en la que una vecina nuestra se había electrocutado en el instante mismo de bajar de la cama y meter los pies descalzos en el agua. Un ventilador eléctrico enchufado a la pared le había mandado una corriente mortal. Llamé de vuelta y le dije a mi mujer que comprobara primero el agua antes de meter el pie en ella. Me preguntó cómo se suponía que iba a comprobarla sin que le diera calambre, y le sugerí que tirara al agua a uno de los perros a ver qué pasaba. Muy gracioso, me dijo, y me colgó igual que las mujeres mejicanas de San Juan. Después fue Dennis quien llamó a casa, pero no contestó nadie. Dejó que sonara la señal un rato muy, muy largo. De pronto me acordé de que mi álbum de fotos de mi familia paterna también estaba en el sótano, seguramente muy por debajo del nivel del agua. ¿Por qué me acababa de venir de repente un extraño apego hacia aquellas vetustas fotos marrones y maltrechas de mi bisabuela sentada en un carromato de cuatro ruedas detrás de dos caballos de tiro oscuros, luchando por avanzar sobre el barro de alguna parte del Illinois rural; de mi padre de niño, sin camiseta y sonriendo de oreja a oreja con una ristra de percas; o de mi madre dando de comer a las palomas desde un jeep del ejército? Por fin recobré la compostura, me saqué todas aquellas imágenes de la cabeza y vi estrictamente lo que tenía delante: nuestros pies blancos sobre la moqueta sintética verde, nuestras manos vacías y nuestras caras sin padre.

Huerto de naranjos de mi pasado

Creía haber hecho todo lo posible, todo lo que estaba en mi mano, para *no* acabar convirtiéndome en mi padre. Me había esforzado en todas las áreas: me había cambiado el apellido y el nombre de pila, había falsificado mi certificado de nacimiento, había cogido la costumbre de caminar y balancear los brazos en el sentido diametralmente opuesto al suyo; me vestía con un estilo exactamente contrario al suyo, incluyendo la ropa interior; hablaba sin rastro alguno de acento del Interior, nunca pegaba patadas a los perros en las costillas, nunca perdía los nervios con los objetos inanimados, llevaba desde la Navidad de 1959 sin escuchar a Bring Crosby y jamás pegaba a las mujeres en la cara. Pensaba que había hecho mucho por remodelar mi persona. No tenía ni idea de quién era, pero sabía con seguridad que no era él.

Luego, en otoño del 75, descubrí una botella de tequila Hornitos; blanco puro, etiqueta verde. Me topé con ella de la misma forma en que te topas con ciertas mujeres. Me barrió la cabeza. Me quedé tan absolutamente cautivado que perdí de vista el resto del mundo y no oí los porrazos en mi puerta hasta que fue demasiado tarde. Ya estaba acercando la mano al pomo para ver quién era cuando la puerta entera reventó y se soltó de las bisagras. Mi padre pasó por encima de la madera astillada con la cara roja de furia y me tiró contra la pared. Me preguntó en tono imperioso por qué había renegado de él. Por qué me había adiestrado a mí mismo para caminar como caminaba, para hablar como hablaba y para llevar la ropa que llevaba, y también por qué no me había casado nunca. Se me había quedado la boca seca. Le dije en voz baja que no tenía respuestas a aquellas preguntas. No tenía explicación. Estaba igual de perplejo que él. Se le fue el rojo de la cara. Se quedó allí mirándome un momento muy largo, y cuando por fin le apareció una ligera sonrisa en la cara, no era para mí. Era la típica sonrisa de «qué se le va a hacer», y casi esperé que se rascara la cabeza, pero no lo hizo. Se limitó a darse la vuelta y se quedó allí, dándome la espalda y mirando a través del marco de la puerta arrancada del huerto de naranjos que había al otro lado de la calle, con sus hileras perfectas y limpias de hierbas. El olor dulzón de las flores me dio ganas de vomitar. En aquella época del año era un perfume omnipresente. Se alejó de mí rumbo a los naranjos y no aminoró el paso ni para cruzar la carretera. Estuvo a punto de atropellarlo un coche, pero ni se inmutó. El conductor hizo sonar la bocina y la mantuvo apretada hasta llegar a la autopista. Oí apagarse el pitido a lo lejos mientras mi padre desaparecía entre los árboles.

Kingman, Arizona
(Bulevar Andy Devine)

RECUERDO CLARAMENTE a Andy Devine a lomos de un pequeño caballo bayo en el Desfile de La Rosa, en el año cincuenta y tantos. Interpretaba a un personaje llamado Jingles en una serie de televisión en blanco y negro. Un hombretón de lo más agradable, no paró de sonreír y saludar con la mano. Ladeaba la muñeca sobre la panza inmensa y meneaba los dedos como si te estuviera haciendo cosquillas a distancia. El gesto recordaba a Oliver Hardy. De hecho, era probable que Andy lo hubiera «cogido prestado» de Oliver. Los dos también tenían la misma sonrisa de diablillo. Andy era el clásico secuaz, y siempre cabalgaba entre Roy Rogers y Dale Evans, que eran los dos muy rectos y serios; llevaban los atuendos del Oeste bien planchados y decorados con flecos y piedrecitas de estrás. Cabalgaban con las espaldas muy rectas y sillas de montar idénticas con conchos de plata, mientras que Andy iba con la espalda encorvada en la suya de piel de toro sin adornos. No sé si la espalda encorvada era una pose o una manifestación genuina de su carácter, pero parecía contento de ser un tipo desaliñado. Le gustaba su yuxtaposición. Tenía una voz aguda y chillona que mi tío Buzz me solía contar que era resultado de haberse tragado por accidente un silbato de plata cuando era niño. Siempre me había creído aquella historia. ¿Por qué no?

Van Horn, Texas

(Autopista 10)

La camarera bajita no lo entiende cuando dejo a un lado mi bistec a medio comer y le pido el postre; no entiende que realmente quiero el postre. Piensa que le pasa algo al bistec. Pero no le pasa nada. Simplemente me apetece el postre. Otra cosa que tampoco entiende es que llevo dinero suficiente en la bota izquierda como para comprarme un coche pequeño o la mitad del pueblo, y cuando le pregunto si quiere darse una vuelta por la manzana polvorienta, tampoco lo entiende. Cree que tengo segundas intenciones. Le digo que acabo de llegar de la «Tierra prometida». Se aleja nerviosamente con mi bistec a medio comer en el plato y se topa con el chef, que está saliendo por las puertas batientes cromadas de la cocina. El chef quiere saber qué le pasa a mi bistec y le digo que nada, que al bistec no le pasa nada. Que lo único que quiero es el postre, y la camarera suelta una risilla como si lo que estuviera sugiriendo es que «el postre» es ella; el chef se queda con esto y decide que soy uno de esos tarados asquerosos que les llegan por la carretera y se pone a pedirme que me marche. Le digo que todavía no he terminado de almorzar y que tengo muchas ganas de probar la tarta de dulce de azúcar y mantequilla. Me dice que las tartas acaban de salir del horno y están demasiado calientes para cortarlas, y le contesto que no me importa esperar, pero él me dice que no va a cortar ninguna porque sería sacrificar la tarta entera para sacarle un trozo. Le digo que a veces el sacrificio es necesario. Las veo todas humeantes detrás de él en un estante de formica, todas en fila como pequeñas locomotoras, haciendo chu-chu. Me dice que van a tardar un buen rato. Será como mínimo una hora. Le digo que no pasa nada. Saldré, me compraré un periódico y volveré. Daré un paseo por el pueblo y admiraré el paisaje. Me dice que no hay paisaje, que no hay pueblo, pero le replico que soy un gran fan de la desolación. Me fascina la forma en que se desintegran las cosas, en que aparecen y desaparecen. El hecho de que algo muy próspero y prometedor acabe siendo decepcionante y triste. El hecho de que la gente se quede en mitad de ese desastre sin planteárselo. El hecho de que la gente se limite a seguir viviendo su vida porque no sabe qué otra cosa hacer. El chef me dice que no tiene tiempo para charlar de la vida y me deja mirando el azúcar.

Mercenario hace un intento de superación personal

Un día se le ocurrió intentar controlar sus irritantes tendencias al enfado y la arrogancia, a la crueldad y la malicia, a base de recordarse a sí mismo que no iba a vivir eternamente y que todo lo que veía moverse ante sí no tardaría en esfumarse de la tierra. Como eso no le funcionó, probó a permitir que traspasaran su duro pellejo las dulces sensaciones de la naturaleza: la luz del sol rutilante de la mañana que se filtraba a través de las hojas en movimiento del ginkgo, por ejemplo; la brisa fresca que le acariciaba la cara curtida; los ruidos lejanos de los niños retozando en el patio de la escuela. Como eso tampoco le funcionó, se puso a evocar recuerdos de conquistas sexuales, remontándose a sus años de adolescencia; volvieron flotando a él todas aquellas imágenes de chicas; chicas de todos los tamaños, teñidas ocasionalmente del aura resplandeciente del amor. O lo que fuera. ¿Qué había sido? ¿Acaso había confundido cierto éxtasis temporal con otra cosa? ¿Con algo duradero? ¿O bien solo se estaba empantanando en un marjal de autoengaño? Qué fácil era dejarse llevar. La erección y todo eso. Y como aquello tampoco pareció llevarlo a ninguna parte, probó el viejo truco de la aceptación total. El entregarse por completo al aspecto dual de su naturaleza. Aguantó como pudo las sacudidas. Las embestidas, como suele decirse; intentando recobrar el equilibrio, estrellándose y por fin recuperando el viejo paso marcial de siempre.

Cuando aquello dejó de funcionar, probó el ejercicio mental imposible de ponerse en el lugar de otro; de ponerse en su pellejo, como dice la frase hecha; de ver el final inevitable de la civilización con ojos ajenos. De ver la película de terror desde una perspectiva algo distinta, por así decirlo. Y cuando aquello por fin fracasó, se cortó el índice izquierdo por debajo del primer nudillo, en imitación del ritual arapaho de dolor por los antepasados perdidos en la batalla. Envolvió la herida chorreante con hojas de roble y la sostuvo por encima de la cabeza, apretándosela con fuerza con la mano derecha. La mano buena. La que usaba para escribir. Intentó frenar su respiración para que no se le fuera al galope.

Entrevista en el café Pascual

A VER. Sonidos, por ejemplo. Tus favoritos.

Hum. El sinsonte. El sabanero. Los grillos, sin duda. Los sabuesos a lo lejos.

¿Los sabuesos?

Sí.

¿Quieres decir los perros?

No, los sabuesos.

¿En los jardines de las casas y tal?

No, de caza. Persiguiendo a la presa.

¿La presa?

Eso es. Animales salvajes. Jabalís, sobre todo.

Ya veo. Y eso te recuerda a los viejos tiempos, ¿no?

Sí.

¿Cuándo fue eso? ¿A qué tiempos te refieres?

A cuando era cazador.

¿Y matabas animales?

Sí, me los comía.

Carne.

Sí.

¿Cuánto hace de eso?

Muchísimo.

¿Fue un pasado remoto?

Me falla la memoria.

¿Pero guardas algún vago recuerdo?

No me viene casi nada a la cabeza.

¿Y lo dejaste?

Me dejó a mí.

¿Y con qué la reemplazaste?

¿El qué?

La caza, seguir a los sabuesos.

Con nada.

¿Y qué haces ahora con tu vida?

Deambular, ir de un sitio a otro.

¿Sin destino?

¿Qué destino puede haber?

Debe de ser muy cansado.

No sé qué otra cosa hacer.

Escarabajos verdes

HAY ALGUIEN cazando en la noche. Disparando una y otra vez por mi arboleda. Descargas repentinas y amortiguadas, seguidas del silencio. Y luego más disparos. Alguien quiere la muerte de algo. Cada vez que me llegan los disparos, veo su dedo apretar el gatillo: el nudillo grasiento, gordo, lívido. Durante las pausas no se mueve nada más que el ventilador y los bichos nocturnos. Y de improviso, una multitud de escarabajos verdes diminutos, duros y rojizos, irrumpe en tromba en la luz del porche, choca con la mosquitera y se desploma en el suelo. De pronto los escarabajos me rodean por completo, se ponen panza arriba y se me mueren entre los pies descalzos y cuarteados. Y yo ahí sentado. Es increíble.

Nostalgia de la yeguada

Los caballos se llaman de lado a lado de unas extensiones enormes. Acres de heno recién cortado, donde las huellas del tractor surcan oscuras y planas la mañana de los prados de espiguilla. De aquí vienen los caballos más veloces del mundo. Los caballos que quieren los árabes, los irlandeses, los ingleses y los alemanes. El mundo entero converge en este rincón diminuto de piedra caliza sureña para arrojar dinero al aire como si fuera confeti. Estos caballos no saben que se acerca el día en que llevarán números pegados a la cadera y desfilarán en círculos estrechos mientras los pujadores gritan y su venta se eleva electrónicamente a cifras millonarias. Esos postores anónimos no los ven ahora, tal como están, corriendo junto a cercas negras, relinchando por tarimas de nogal y algarrobo; notando algo en el aire, algo que viene a por ellos, procedente de muy, muy lejos allende los mares.

Nueve bajo cero

DENTRO ES JUSTO lo contrario que fuera. Parece un decorado de cine. Plataneros tropicales, palmeras, mandarinos enanos, orquídeas exóticas de color púrpura, loros enjaulados chillando como locos, pinzones trinando. La chimenea y la calefacción de zócalo están funcionando tan al máximo que el techo gotea. Fuera —al otro lado de los ventanales altos de cristal doble— estamos a nueve bajo cero, y aunque el sol gigantesco no tardará en brillar bien alto sobre el río Saint Croix congelado, la capa de hielo sigue siendo de medio metro. Lo bastante gruesa como para que los empleados de la Andersen Windows conduzcan sobre ella desde Wisconsin a la costa de Minnesota para ahorrarse media hora de trayecto diario. Al rayar el alba se los puede ver a través de estas ventanas empañadas, arrancando con los faros encendidos, avanzando lentamente en hileras serpenteantes de color ámbar por entre las casetas de pesca y las pequeñas carpas cuadradas, con el humo saliéndoles en penachos de los tubos de escape. Dentro de esas carpas se apiñan los pescadores, friendo beicon y lucios, bebiendo schnapps y escuchando tertulias radiofónicas vehementes que los bombardean con opiniones procedentes de un mundo lejano. Son felices ahí de acampada, siempre esperando el más pequeño temblor de los corchos verdes fluorescentes sobre el agua. Personalmente, no lo entiendo. Me criaron junto al Mojave, donde dormíamos con las ventanas bien abiertas y veíamos arder las colinas lejanas toda la noche.

Aguas quietas

El repicar electrónico del campanario luterano de ladrillo está tañendo «Onward, Christian Soldiers» con precisión matemática por el frío aire matinal. La melodía atraviesa las ventanas de todas las casas del vecindario. Nadie se escapa. Hace un día luminoso y espectacular en el Valle del Río Saint Croix; cielo azul celeste, nubes mullidas y ni gota de viento. El típico día, como les gusta decir por aquí, que justifica que después sufran los inviernos más jodidos del planeta. También es el quinto día seguido de bombardeos en las remotas Kabul y Kandahar.

Los árboles de madera dura de las orillas del Misisipí emiten destellos amarillos y anaranjados. Las águilas calvas y las gigantescas águilas pescadoras planean por las ensenadas en busca de lucios. A lo lejos, los delicados veleros y los esquifes de pesca navegan por la pequeña bahía a cámara lenta y en silencio. Por todos lados reinan una calma y una paz indescriptibles.

> Onward, Christian soldiers, marching as to war
> With the cross of Jesus going on before
>
> [Avante, soldados cristianos, a la guerra desfilad
> Y siempre la cruz de Cristo al frente enarbolad]

Dawson, Minnesota
(Autopista 212 Este)

Gnomos
Y muertos
Y maíz
Y soja
Y Cenex
Y gnomos
En los jardines
Y los muertos yaciendo
Y el maíz
De horizonte a horizonte
De un mar resplandeciente a otro

Demonio en el bosque

TODAS LAS NOCHES viene corriendo a recibirme esta perrilla mía de color pajizo; nerviosa, jadeante, correteándome en círculos alrededor de las piernas. No sé a qué viene todo eso. Parece esperar que la salve de algún demonio que hay en el bosque. Intento decirle que no tengo respuestas para ella. No tengo soluciones. A veces siento el mismo miedo que ella. No sé de qué. Pero sé que hay algo acechando ahí fuera. No me cabe duda. Oigo su aliento llameante detrás del viejo algarrobo negro. A veces lo veo salir disparado por los campos. A veces me flota justo encima. Evito levantar la vista. La mantengo clavada al suelo. Marcando el ritmo con mi bastón.

Jardinería a oscuras

ARRANCO LAS MALAS HIERBAS del jardín completamente a oscuras. En el frío de la noche. Con el sinsonte cotorreando como si fuera de día. Y el tren bramando. Y la vaca llamando, y el ternero contestándole. Y la brisa agitando histéricamente la llama de la vela.

Todo se suma.

Hombre feliz

En estas mañanas de tiempo espléndido el hombre saca su café solo al porche de piedra y se sienta en la vieja silla estilo Adirondack, hecha a mano en Wisconsin con madera de cedro sin tratar y llena de manchas que le ha dejado el agua por los brazos anchos y planos. Ahí sentado, da sorbos de café y escucha al sinsonte desgranar sus variaciones embravecidas; mira cómo los gansos y los patos de lomo blanco aletean por los pastos bajos; oye los largos camiones que braman rumbo al este y al oeste por la lejana Autopista 64. Un pájaro carpintero aporrea el cerezo aliso muerto. Su caballo castrado gris se acerca al trote a la cerca husmeando en busca de zanahorias y se aleja pastando por los tréboles rojos. Es un hombre feliz. Está claro. El sol arranca vapor del suelo desde aquí hasta el río. Se siente colmado de olor a heno podrido y a mantillo. Los iris gigantes que ha plantado están empezando a eclosionar en forma de penachos de colores blanco y lavanda. Un colibrí enjoyado recorre la hilera entera, metiendo la cabeza en cada flor barbuda antes de desaparecer en el bosque. Los tordos sargento rodean al hombre, soltando sus graznidos acuáticos. Su perra amarilla duerme sobre el costado; estirada sobre las losas de río, absorbiendo a través del costillar el último frescor de la mañana. El hombre se enciende un puro que tiene a medio fumar, da un sorbo de café y abre *El hombre fulminado*. No desea nada más. Piensa que se podría quedar allí sentado todo el día. Se podría quedar allí sentado todo el año, hasta que caigan las nieves. ¿Y por qué no? ¿Qué se lo impide?

Potro prometedor de dos años

DICE EL AXIOMA: «Nadie que tenga un potro prometedor de dos años se suicidará nunca».

Son las cuatro de la madrugada y el hombre está apoyado en la baranda de la pista de entrenamiento, en la oscuridad total, notando cómo le sube por el hueco de las viejas rodillas la vibración de los cascos por la curva. Da un sorbo de su mezcla de chocolate caliente y café y se siente un genio por estar criando a este potro rápido como una centella. El resto de su vida es una catástrofe; su matrimonio, su familia, sus amigos muertos, sus oportunidades perdidas. En cambio, este potro —incluso a oscuras, pasando como una exhalación, puro músculo alazán, soltando descargas rítmicas por los ollares—, este potro ilumina lo que le queda de mente al hombre. Lo eleva como si fuera una historia de amor, o como la enorme esfera del sol que ahora empieza apenas a asomar por detrás de la recta de fondo.

Mandan, Dakota del Norte

(Autopista 94)

PRIMERA LUZ DEL ALBA. Frente al motel Super 8. Puertas de cristal. Olor a café aguado. El parloteo de las mujeres de la limpieza de la tribu india Mandan, sentadas en el bordillo del aparcamiento como cuervos posados en un cable; soltando risillas, resacosas, con sus blusas de corazones rojos, blancos y azules. Son los uniformes que les da el motel, demasiado pequeños para estas mujeres a quienes les gusta comer. Michelines, sujetadores de color carne, tangas de encaje negro incapaces de contener la sangre de sus antiguos antepasados. En cuclillas, dando caladas a sus Marlboro Light, tragándose el delicioso humo negro. Detrás de ellas, todo amontonado en carretones de aluminio; toallas blancas y mullidas con olor a detergente Tide, pastillas pequeñas de jabón rosado, rollos y más rollos de papel higiénico, esperando; todo el trabajo de la jornada por delante.

Hace doscientos años en este mismo sitio, donde el asfalto negro del aparcamiento se extiende hasta los álamos y estas mujeres Mandan pasan la resaca, el capitán Meriwether Lewis anotó lo siguiente en su cuaderno, refiriéndose al bebé recién nacido de una mujer de la tribu bannock llamada Sacagawea:

«(11 de febrero, 1805)... sobre las cinco en punto de esta tarde, una de las esposas de Charbono ha dado a luz a un niño sano. Es digno de mención que se trata del primer hijo que alumbra esta mujer y, como es habitual en estos casos, el parto ha sido tedioso y el dolor violento; el señor Jessome me informa de que ha administrado con frecuencia pequeñas porciones de cascabel de serpiente, que me ha asegurado que opera infaliblemente el efecto deseado de acelerar el parto; como yo tenía a mano un cascabel de serpiente, se lo he dado y él le ha administrado dos aros del mismo a la mujer, deshechos en pedacitos con los dedos y añadidos a un pequeño volumen de agua. No intentaré averiguar si la medicina ha sido realmente la causa o no, pero se me informa de que menos de diez minutos después de tomarlo ha salido la criatura».

Miles City, Montana

(Autopista 94 Oeste)

Hay siete bomberos jóvenes del Servicio Forestal de la Agencia de Gestión de Tierras intentando conseguir habitación en el Hotel War Bonnet. Estoy esperando en la cola justo detrás de ellos en la recepción. Caras agotadas; ojos irritados, párpados cenicientos; las punteras de acero de sus botas negras y requemadas. Montana está ardiendo. Millas y millas de tierras de pasto en llamas, hasta el recodo mismo de la interestatal. Por aquí la gente no habla de otra cosa. De cómo contener el incendio. De dónde exactamente han abierto cortafuegos las excavadoras gigantes. De con qué frecuencia están bombardeando las avionetas las colinas con bidones de agua. De cuántos focos nuevos han brotado entre Bozeman y Missoula y más allá; ¿quizás hasta la misma High Line, amenazando las pistas de esquí de entre Kalispell y Hungry Horse? Es culpa de la Naturaleza Asesina, que se ha cernido sobre la tierra. Centellas de los dioses del Trueno. Se están riendo de nosotros desde lejos, contemplando este tumulto de horrores terrenales. Nada más extinguirse un foco, aparece otro. Nos estamos persiguiendo la cola.

Para cuando llego al mostrador de recepción, ya no quedan habitaciones. Salgo del lobby al atardecer de color rojo fuego mientras siguen entrando en el aparcamiento las camionetas cargadas de bomberos jóvenes. El aire trae un fuerte olor a pino y artemisa quemados.

La ceniza hace escocer los ojos. Quizás el Billings tenga una habitación. Autopista en llamas abajo. Quizás el Billings.

Wichita, Kansas

(Autopista 35 Norte)

TORMENTA DE NIEVE en Wichita. Atrapados por el hielo y la ventisca. Un viento que lo azota todo de costado, a sesenta y cinco kilómetros por hora. El tráfico inmóvil en ambas direcciones. Cuatro carriles completamente embotellados hasta donde alcanza la vista. Es apocalíptico. Gente de toda América saliendo de sus coches a siete grados bajo cero, subiéndose a las capotas para intentar divisar qué provoca el atasco. No hay nadie que vaya vestido para la catástrofe; algunos salen en pijama, con la panza fuera y los pantalones caídos, para desprender el hielo de los parabrisas y pasear a sus perrillos temblorosos y pelones, protegidos con chaquetas para perro. Sale un tipo con pantalones de chándal azules y camiseta negra. En la espalda de su camiseta dice en letras mayúsculas: «Vosotros os podéis ir al infierno. Yo me voy a Texas». Firmado: Davy Crockett. Gracias a Dios tengo a Guy Clark en la radio por satélite.

Valentine, Nebraska

(Autopista 20)

¿NO TE PUEDES ESTAR QUIETO ni un momento? ¿Pero qué te pasa? Me estás volviendo loco. No hay manera de que te quedes quieto. Mírate. Estás fatal. Incluso ahora te va la pierna como un martillo neumático. Te tiemblan los dedos. Se te va la mirada por el papel de las paredes. ¿Qué te pasa? Como sigas así no vas a durar mucho, te lo aseguro. Te vas a acabar quemando. ¿No puedes por lo menos seguir alguna clase de itinerario, algún plan? ¿Cómo se supone que tengo que entender todo esto, el ir siempre dando tumbos? ¿Qué demonios hay que sea tan interesante en el hecho de *no* tener objetivo? O sea, ¡mira este mapa! Échale un vistazo. Apareces en Baton Rouge, luego te vas a Saskatoon, luego a Butte, a Mountain Home, a Pendleton. Es una locura. No tiene sentido. ¿Cómo te iba a poder seguir alguien? ¡Mira estas líneas! Estos subrayados. Estas autopistas resaltadas con fosforito rosa; no he oído hablar de ellas en mi vida. ¿Dónde carajo está la «Autopista Little Dixie»? Yo ya te digo que no te acompaño más. Ya estoy harto. No te puedo seguir. Mi coche no te puede seguir. Es un desgaste brutal. Cuatro dólares de gasolina y acabamos en algún estercolero perdido como Winnemucca o Cucamonga. O sea, ¿qué coño es esto? ¿Qué sentido tiene? ¿Y qué sacamos de recorrer tantas millas? Un puñado de puñeteras tazas de promoción de cafeterías. Un pisapapeles en forma de búfalo. ¿Y a qué nos lleva?

Pues a nada. A nada en absoluto. Ya se me ha agotado la paciencia. En serio. Me he dado cuenta esta mañana. Te quedas solo. Yo me largo. Y no me intentes seguir, porque no me vas a encontrar. Ah, y por la habitación no te preocupes. Ya la he pagado. Es lo menos que puedo hacer, después de lo que hemos pasado juntos. ¿Me estás escuchando? ¿Entiendes lo que te estoy diciendo? ¡Te digo que me largo, coño! Ahora mismo. ¡Adiós! Me las piro.

(Portazo. Silencio. No hay movimiento alguno).

¿Es verdad eso de que Cristóbal Colon dio información falsa a sus marineros sobre la posición de su embarcación para que, si se amotinaban, no pudieran encontrar el camino de vuelta a casa?

Música del Diablo

(Montana, Autopista 2)

De Culbertson a Cut Bank, por toda la High Line, se desgañitó hasta quedarse sin voz. Al principio se limitaba a corear por cortesía el recopilatorio de grabaciones para Chess Records de Howlin' Wolf, intentando ocasionalmente hacer alguna que otra armonía en «Back Door Man» y «Moanin' at Midnight»; pero poco a poco se fue dejando llevar por un frenesí exultante. Para cuando llegó a Kalispell ya le sangraba literalmente la garganta, pero no se podía contener. Estaba poseído. No paraba de intentar desesperadamente pasar del tono agudo y nasal de megáfono a los gruñidos graves de amor perdido y traición tortuosa de Wolf, pero no encontraba la manera. Se quedaba atascado en algún punto intermedio. Dividido. Por los costados le pasaban volando camioneros con banderas americanas ondeando desde cada elemento de la carrocería que se quedaban mirando perplejos cómo le gritaba al viento con la cara morada e inflada: «I asked for water but she brought me gasoline!». Pasó junto a rancheros en motos de tres ruedas que reunían a sus terneros mientras él berreaba «Smokestack Lightnin'», torturándose por su incapacidad de hacer la transición a los aullidos temblorosos y los terribles altibajos emocionales de la paranoia de Wolf: «Don't you hear me crying?» «Where'd you sleep last night?». El cielo se pobló de unos bancos enormes de nubes de color ciruela mientras el sol se ocultaba tras los Montes Bitterroot y él continuaba hipnotizado en dirección a Bonners Ferry. Se registró en el Motel 8 de allí, pero ya no le salía la voz. No le salía nada más que un ligero resuello. Se deshizo en sonrisas de disculpa con la viejecita gris del mostrador de recepción y se dedicó a ofrecerle la tarjeta de crédito para que viera que por lo menos podía pagar la habitación. Se llevó el CD de Wolf a la habitación n.º 6, pero no había equipo de música donde ponerlo, de forma que se sentó en el borde de la cama para leer la información de la carátula: contaba que Wolf había terminado llamando entre lágrimas a su madre desde el lecho de muerte, pero su madre no había venido. Ya hacía mucho tiempo que lo había abandonado porque cantaba la música del Diablo.

Puedo hacer un trato

Puedo hacer un trato conmigo mismo
Quizás por un día
Digamos
O quizás dos
Una especie de intercambio
O permuta

Centrarme otra vez
Lista de apuestas
Desterrar el condenado bebercio

Puedo hacer un trato

Puedo hacer un trato hasta que se ponga el sol
Y entonces dejará de estar en vigor
Cancelado
Finito
Al carajo

Sucede que ya no estoy seguro
De poder aguantar la nada total
Sin unas cuantas copas

Butte, Montana

AQUÍ ARRIBA, en este lúgubre pueblo minero de casas de ladrillo, no para de venirme a la cabeza el impresionante poema americano de Richard Hugo, «Grados del gris en Philipsburg».

Puedes darte el capricho de venir aquí un domingo
Y decir que se ha hundido tu vida.

No paran de volar por los aires los tejados de las chabolas donde se cocina metanfetamina, situadas a pocos metros de los pequeños y pulcros bungalós escandinavos con maceteros de geranios en las ventanas. Explosiones químicas completamente imprevistas. Violadores sin camisa y con telarañas tatuadas en las caras, hurgando entre las ruinas, apareciendo y desapareciendo entre el humo negro. Es el pueblo de infancia de Evel Knievel, y su festival se celebra aquí; calles abarrotadas de moteros, todo el mundo buscando pelea. La policía me dice que no pueden entrar en ningún bar sin que alguien les intente quitar las pistolas. Anoche mismo murió un chaval en el Wagon Wheel. Alguien le estampó la cabeza contra una taza de retrete y se largó corriendo entre risas.

En el cambio de algún siglo, Carry Nation, la reformista anti alcohol famosa por destrozar cantinas a hachazos, hizo una peregrinación a Butte. La madame de una de las casas de putas la destrozó a golpes por intentar convertir a su clientela. Carry murió en el tren que la llevaba de vuelta al este, de regreso a la civilización, desangrada como resultado de sus heridas. Sentado directamente delante de ella en los asientos duros de roble viajaba un policía judicial, con la escopeta del calibre doce apoyada en el regazo, muy serio y con la espalda recta como una escoba. A su lado iban cuatro indios Cheyenne rebeldes, encadenados entre ellos por las muñecas y los tobillos. El guerrero sentado junto al agente llevaba un collar de hierro y una ancha franja negra pintada que le bajaba por la frente y la nariz hasta los labios y la barbilla. Sus ojos negros se clavaron en los de Carry. El agente y él se dedicaron a mirarla fijamente mientras se desangraba. La contemplaron con mucha atención, igual que mirarían a un gorrión agonizante.

Lárgate de Butte de una vez
¿Para qué fingir que aquí te va bien?
Vete por lo menos a Missoula
Hazme un favor y
Lárgate de Butte, coño
Lago tóxico rojo sangre
Aire que huele a crack
Tejados volando por los aires
¿Cuántas señales necesitas?
Una tiendecita ridícula que vende pan ecológico
Pipas de calabaza saladas en latas de café
Como si fueran a salvar este pueblo a base de filosofía
Del suicidio y la mutilación
Lárgate, anda
Cruza pitando el Little Blackfoot
Fosfatos y Philipsburg
Pon rumbo al rosado Cutthroat
Truchas fario de kilo y medio
Sácate de una vez de la cabeza
Que alguna vez te adaptarás
Al calorcito agradable

Con un perro que nunca pierde pelo
Y una mujer de caderas grandes
Que cree que el mundo empieza y se termina
En un triste desdentado como tú

Fort Robinson, Nebraska

(Autopista 20)

Cojo una piedra gris normal y corriente en el sitio donde mataron a Caballo Loco, el 5 de septiembre de 1877. Tiene forma de pico de halcón, con una cresta oscura y torcida que le recorre la parte de atrás. Está caliente como resultado de haber pasado quién sabe cuánto tiempo bajo el sol. No hay forma de saber si ya andaría por aquí en aquellos tiempos; testigo mudo del atroz asesinato. Los católicos llamarían a esta piedra «reliquia de segunda clase», ya que no existe prueba de sus orígenes, únicamente tiene la asociación con el lugar. Me la meto al fondo del bolsillo, encima de la navaja negra. Me la noto caliente ahí dentro. Quién sabe si tiene algún poder. Supongo que lo iré averiguando sobre la marcha.

Estoy llorando por dentro, al estilo de los hombres blancos.

Kit Carson

Wounded Knee

Reserva de Pine Ridge

Se ha modificado el letrero metálico de gran tamaño del arcén polvoriento de la Autopista 27, el que explica, por ambos lados, los horribles acontecimientos que tuvieron lugar aquí en diciembre de 1890. Se ha cubierto la palabra *batalla* con una placa metálica a modo de parche, remachada a la crónica descolorida por el sol, que dice *masacre* con letras mayúsculas y negras. «Masacre» reemplaza a «batalla», como si bastara con esa corrección para alterar nuestra visión de aquel episodio. Como si por fin fuéramos capaces de digerir la realidad de la carnicería, ciento veinte años en nuestro pasado.

Unas cuantas chozas pequeñas y patéticas, con el techo de ramas de pino, cobijan a varias mujeres arrugadas de la tribu Lakota que venden artesanía hecha con cuentas y bisutería rudimentaria. Estamos a cuarenta grados y el viento se revuelve por el asfalto roto de la autopista, formando remolinos de polvo. Pasan volando vasos de café de plástico blanco y bolsas vacías de patatas. Muy por encima de un campo de hierba quemada, un halcón oscuro desciende en picado por las corrientes de aire cálido en busca de indicios de alimañas en el suelo. Decido aparcar junto a una hilera de Harley-Davidsons resplandecientes que hay cruzando la autopista desde el monumento; se me ocurre que quizás sea poco respetuoso subir con el coche la colina hasta el lugar histórico. También tengo la idea algo irritante de que subirla a pie con este calor abrasador podría ser alguna forma de penitencia. (No sé de dónde me vienen estos sentimientos de culpa). Me dedico a mirarme las botas por el suelo de arcilla fina mientras asciendo hacia las dos columnas de ladrillo, unidas por un arco de acero con una crucecita en el medio. «Caminar por el tiempo», susurro. Llego a la cima y saco la Kodak desechable que he estado usando para plasmar las truchas arco iris que pesco y vuelvo a soltar. Solo me quedan un par de fotos. Estoy intentando enfocar el triste monumento cuando un chaval mete la cara en el plano y la vuelve a sacar a toda velocidad. Es un chaval Lakota adolescente y flaco, de ojos muy abiertos y sonrisa chueca. Se asoma para mirarme desde detrás de una de las columnas de ladrillo. Aparto la vista de la lente y veo a dos chavales más escondidos tras las estructuras. Los llamo y les pregunto si les puedo hacer una foto delante del monumento. Salen con timidez, descalzos y con camisetas mugrientas, sosteniendo sendas latas de Pepsi. Les pregunto si se pueden poner juntos debajo del arco de acero. Entre risillas, se ponen en fila de cara a mí y de pronto, cuando me estoy llevando la Kodak al ojo, levantan los puños al cielo en imitación del saludo de los Panteras Negras de los años 60. No tengo ni idea de en qué época vivo.

Rosebud, Dakota del Sur
(Autopista 83 Norte)

Unas casitas de mierda con tejado a dos aguas, construidas por el gobierno y dispersas por las Sandhills. Ni un ser humano a la vista. Únicamente indicios: montañas de basura maloliente. Agujeros de bala en todas las ventanas. Plástico negro ondeando. Tablones de contrachapado de tres cuartos de pulgada clavados sobre las puertas como si fueran protección contra huracanes, cuando aquí solo hay un océano de arena. Aullando. Se oye su quejido constante. Toboganes con cajón de arena amarillentos y quemados por el sol. Columpios de plástico de color rojo intenso. Ni un solo niño a la vista. Jardines demasiado alejados de las casas. La pradera se los traga todos. Una iglesia Lakota. «Abierta a todos», dice, pero no hay nadie. Ni una triste alma. Y eso que es el Sabbath. Imagínate. Abandonada en domingo. Solo el viento constante, azotando los jardines destartalados y las cercas enterradas. Aliento continuo e interminable de la pradera. Como ha sido siempre. Ahora y por los siglos de los siglos. Implacable. Crudo. Y no podría importarle menos el estado de la nación.

Me pareció que había un halcón
Sentado a la barra
Encima de la cerveza
Escrutando
Como en lo alto de un poste de cerca de nogal
Indiferente
De espaldas a mí
La espalda encorvada como un viejo indio ute
Pero no
Era solo yo
Alucinando otra vez
En carreteras
Dejadas atrás
Carreteras
Llevaba demasiado tiempo
Pisando el acelerador

Espalda mojada

HOY ME SIENTO exactamente como un espalda mojada de piel oscura, de pie en un paso elevado sobre la autopista. Mochila negra a la espalda, contemplando el flujo del tráfico; los coches que me pasan a raudales bajo los pies repletos de ampollas.

Me giro despacio sin moverme del sitio, en busca de señales; algún árbol familiar, alguna roca. Giro en redondo, pero no hay nada que me hable.

Hoy me siento exactamente como un hombre bajito de Sonora que busca a un primo lejano al que no conoce en persona. Le prometieron que estaría allí, con un trabajo para él, cerveza fría y zapatillas de tenis. Pero no se lo ve por ninguna parte. No está en ninguna parte.

Normal

(Autopista 39 Sur)

BAJO EL NEÓN deslumbrante de la celda para borrachos, examinó las paredes de bloques de hormigón. No había gran cosa más que hacer. Los brazos inertes entre las rodillas. Las rodillas dobladas para caber en el catre demasiado corto. Una extraña colchoneta de plástico verde claro con pinta de saco metida debajo de la cabeza. La ausencia de grafitis era llamativa, pensó mientras escrutaba su entorno. Alguien había intentado dejar unas raspaduras desesperadas en el marco metálico de la ventana, pero no eran letras; no eran palabras de ninguna clase. Ni un triste nombre de amante ni un insulto racista. Ni siquiera pictogramas de genitales. Solo arañazos fortuitos en el acero. Se preguntó qué clase de objeto afilado debían de haber usado, porque siempre te confiscan todas tus posesiones mucho antes de encerrarte. Quizás una cremallera. ¿Pero cómo podía alguien llevarse la bragueta hasta la parte superior del marco de la ventana, sin que lo viera a través del grueso cristal alguno de los celosos jóvenes agentes con el pelo al rape? Fuera quien fuera, supuso, se debería haber quitado los pantalones; tendría que haberse puesto de pie sobre la repisa irregular del catre, con los pantalones en la mano, y raspar de forma rápida y entrecortada, agachándose frenéticamente cada vez que alguien se acercaba patrullando por el pasillo. Debía de haber sido alguien joven, pensó. Joven, asustado y furioso. Lleno de rabia. Él ya no tenía aquello dentro, pensó. Las ganas de pelear. El odio. La energía. Aquel era el problema. Solo le quedaba agotamiento y desaliento. Escrutó las paredes, en busca de algún símbolo reconocible de civilización. Una tosca estrella de cinco puntas, hecha con líneas entrecruzadas pero no abiertamente judía. Se parecía más bien a la marca de visto bueno que te dejaba un maestro de cuarto de primaria en el margen del cuaderno. Al lado, un número 15 alto raspado en ángulo oblicuo y con el rabillo del 5 convirtiéndose en una pluma de ave tropical. Precioso, aunque no intencionado. Últimamente la belleza parecía ser cada vez más así. Accidental. Quizás milagrosa. Siguió examinando: otra maraña de raspaduras que interpretó de forma antropomórfica, como un hombrecito hecho de palotes con la cabeza enorme y blandiendo un hacha. Podría haber sido perfectamente alguna representación de las paredes vetustas de una cueva en Francia. Un ciervo gigante desplomándose. Fuegos en la negrura inmensa. Tambores de troncos en los bosques interminables.

Pues
Lo que pasó
Es que me preguntaron
¿A quién puedes conseguir
Que te mande ciento cincuenta pavos?
Te hacen falta ciento cincuenta más
Para llegar a tu fianza

No supe qué decir
A nadie, les dije
¿A nadie?
Me preguntaron.
Eso mismo, dije.
Venga, hombre, dijeron.
Debes de tener a alguien por ahí

No, dije
No tengo a nadie

Debieron de pensar que les mentía
Así que me tiraron aquí
Y cerraron de un portazo
Ni siquiera probé el pomo
Sabía que estaba a cal y canto
No estoy aquí por mentir
Eso lo sé
Estoy aquí por pasarme
Dos veces el límite de velocidad estatal

El tipo de la celda de al lado está chillando como si fuera un Beagle en celo. Cuando lo han metido ahí, se ha dedicado a estamparse la cabeza deliberadamente contra la pared. Sangre grumosa por todo el suelo, como queso fresco rojo. Lo he visto cuando me han traído pasando por delante, esposado. Un agente ha rezongado que él no lo pensaba limpiar. Menudo asco. Si el muy idiota se había reventado la cabeza él solo, a ver si el muy idiota no lo podía limpiar también. O dormir encima. Que es lo que está haciendo.

Todas esas raspaduras toscas de la pared se están empezando a mover solas. A parpadear y danzar. Recuerdo haber leído en alguna parte que, cuando descubrieron que Jean Genet tenía escondido en su celda el manuscrito de *Nuestra señora de las flores*, se lo quemaron. De manera que procedió a escribirlo todo entero otra vez... en papel higiénico.

Adónde se han llevado mi Chevy
Me pregunto
Si volveré a ver mi Chevy blanco.

Río Elkhorn

ESTOY SUMERGIDO en el Elkhorn hasta las rodillas. Pasa flotando mi perra amarilla, cazando cangrejos de río; los ojos negros frenéticos y la cabeza enhiesta, como una zarigüeya gorda y salvaje. De momento ya ha conseguido atrapar tres lobinas de boca chica en una misma poza. He dejado de contar las veces que me he enganchado con las rocas musgosas y los sicómoros sumergidos. Por lo menos de momento no hay pensamientos espinosos. No hay recuerdos atormentados. Solo tordos sargento y gansos graznando. Al otro lado del recodo del río, en dirección al viejo puente, oigo acercarse voces mexicanas. Chapoteando, riendo. Hombres y muchachos. Chistes. Historias de chicas de alguna aldea de la selva. Y aquí llegan, doblando el recodo; hombres con sus hijos, chapoteando en mitad de la corriente, echando redes anchas que se despliegan en abanico, igual que las deben de haber echado siempre en sus patrias caribeñas. Chillidos en español surcando el aire denso de Kentucky. Pájaros y ardillas corriendo para ponerse a cubierto. Peces plateados y cangrejos de río escurriéndose por entre dedos mestizos cuando la pequeña tribu me pasa vadeando al lado, remontando el río; soltando alaridos de hermandad.

¿Cómo he terminado naufragando tan lejos, en esta espesura de Kentucky? ¿Ha sido culpa de los caballos o de las mujeres? ¿Cómo ha llegado a suceder que unos hombres mayas estén más integrados en estos meandros que mis pies blancos y planos cuando tocan el fondo?

Caballo

VOY REMOLCANDO a mi caballo capón muerto hasta la fosa, usando un tractor y una cadena, llorando como un crío. Doy gracias a Dios porque ahora mismo no haya nadie en la granja. Solo perros, pollos y reses. Gracias a Dios que no hay nadie que me pueda ver así, deshecho por la pena; casi desplomado. La cabeza del caballo dando tumbos por la grava y las matas de hierbas; los músculos del cuello ondulándose al compás de cada irregularidad del suelo, vibrando por última vez antes de empezar a agarrotarse. Este capón viejo y formidable, hijo de Peppy San Badger, descendiente del Rancho King, me llevó mil veces hasta el rebaño; paralizaba al ganado con la mirada, haciendo rechinar la embocadura contra el suelo. Y ahora se va al fondo de un hoyo negro. Gracias a Dios que ahora mismo no hay nadie en la granja. Solo perros, pollos, reses y yo.

Descendencia

AQUÍ ESTOY OTRA VEZ, bajo la mirada blanca y radiante de los tubos fluorescentes que enmarcan el espejo barato de una autocaravana de dos cilindros aparcada junto al Paseo de Peralta, en el mismo pueblo donde está enterrado mi padre y donde nació mi hija. Aquí estoy, participando otra vez en otra película, a mi edad, interpretando a otro militar, que es algo que no soy ni seré nunca, pero que ciertamente sí era mi padre, y también todos sus hermanos y su padre y su abuelo y su bisabuelo, una saga familiar que se remonta a la caída de Richmond y a antes incluso: a Concord y Lexington y a la Invasión Normanda y a los paganos tocados con cráneos de ternero y a las invasiones vikingas y a los entierros en barcas de remos con cabezas de dragón en las proas. No sé hasta cuándo quieres remontarte con esto. ¿Y para qué? ¿A quién esperas encontrar en ese pasado? ¿A algún vidente? ¿A algún adivino de destinos? Y aquí vienen otra vez, llamándome con sus *walkie-talkies*; llamando educadamente con los nudillos a mi puerta metálica: ayudantes de dirección, ayudantes de los ayudantes de dirección, asistentes de los ayudantes de los ayudantes de dirección. Quieren asegurarse de que estoy listo. Caracterizado. Quieren asegurarse de que estoy listo para estar listo, por si acaso ellos ya están listos. En cualquier momento pueden necesitar que me ponga frente a la cámara e interprete a este personaje en construcción, con su uniforme condecorado y su aura de determinación sombría y fatigada ante unas perspectivas desesperanzadas. ¿De dónde he sacado la afinidad con semejante personaje, con semejante hombre? El gesto de sacar mentón con arrogancia. El ceño fruncido. Y esa sensación terrible de ruina inminente... ¿Acaso me viene del lejano asiento metálico de un jeep en las Islas Marianas, de ir sentado junto a mi madre bajo la lluvia del monzón? ¿O me viene del cuello de mi padre, cuando se toqueteaba compulsivamente las cicatrices de la metralla? ¿O quizás de las simas de terror que me produjo verme perdido en la Gran Cuenca de noche, sin luces ni gasolina? No tiene sentido pescar a oscuras. Ponte el disfraz. Sal ahí fuera y que empiece el espectáculo. Y con suerte, ya aparecerá alguna máscara. Alguien del pasado lejano a quien quizás reconozca. Algo que quizás me dé un golpecito en el hombro y me invite a salir de aquí. Y créeme, no lo dudaría ni un momento.

Durango, México

ME TRAE HASTA la localización misma. No me deja conducir. Supongo que es una cuestión de orgullo, o bien órdenes del sindicato. Me dice que soy su invitado y a continuación se pasa varias millas callado. No hablo mucho español, de forma que no me dice nada. Me parece comprensible. Cuando hablo inglés, me sonríe y asiente cortésmente con la cabeza; aliviado. No sé cuánto entiende. Tragamos millas. Cuando hablo mi español vacilante, se le ensombrece la cara y se le pone una expresión de lástima profunda en los ojos indios, como si yo fuera un «pobrecito», uno de esos perros de costillares escuálidos junto a los que pasamos volando, salpicando de barro a las cerdas blancas y las lechonas chillonas. Pasamos zumbando junto a camiones de carga averiados sobre la roca volcánica, abarrotados de troncos de pino dulce; junto a bandadas y bandadas de tordos, arremolinándose, como castillos de cartas en pleno desplome. Estamos yendo a las Sierras rosadas en su Oldsmobile hecho polvo, con los guardabarros caídos, y dejamos atrás las calles de tierra de Mesquitillo en medio de una polvareda. El único coche con el que nos cruzamos no tiene ruedas; está apoyado sobre cajones de madera de cerveza Modelo. Hay niños de dos años desnudos mirándonos desde detrás de unas sábanas limpias que se agitan al aire de las montañas. Los viejos de aquí dicen que se acuerdan de cuando Pancho Villa atravesó este mismo pueblo a lomos de un humilde alazán; galopando hacia un momento histórico que escenificaría completamente para las cámaras americanas. Qué listo era, el cabrón.

Tulum, México

TODAS LAS MAÑANAS, el pequeño maya rastrilla la arena blanca aplicándole bonitas pasadas entrecruzadas, como si estuviera tejiendo una cesta. Lo hace con tanta meticulosidad que te preguntas qué secta primitiva de artesanos le transfirió ese impulso. Amontona pulcramente las algas y los pedazos de plástico roto que llegan desde Cuba y va recogiendo todos los montones con una carretilla de madera. Tiene los pies anchos y correosos como si fuera un personaje de Diego Rivera.

Poco a poco, empiezan a salir los turistas de sus cabañas rosadas, llevando sus colchonetas de goma y sus combinados en vaso de tubo hasta las olas. Se instalan en sectores distintos dependiendo del idioma y la cultura. Algunos se desnudan de cintura para arriba. Otros se quedan abotonados hasta el cuello. Hay una que se está pelando de mala manera y su marido le unta toda la espalda de filtro solar de alta protección. Cada vez que el marido la toca, se estremece de dolor.

Al borde del palmeral de cocoteros, una mexicana pechugona acecha en las franjas de sombra. Se dedica a examinar a los turistas con mirada frenética, en busca de algún soltero vulnerable. Me recuerda a aquella mujer gorda de *Amarcord* de Fellini que seducía a todos los muchachos de la playa. ¿Cómo se llamaba? ¿Serafina, quizás? Por fin divisa a una víctima en potencia y se le acerca a toda prisa, casi de puntillas, por los rastros entretejidos que ha dejado en la arena el pequeño maya. Le pregunta al sobresaltado turista, que está leyendo una novela de Graham Greene, si le gustaría ir con ella al palmeral y recibir un masaje a fondo. El turista niega con la cabeza con vehemencia y se gira para tumbarse boca abajo, estupefacto por la interrupción. Uno de los camareros del hotel ve a la pechugona y se le acerca corriendo, agitando frenéticamente una servilleta blanca de tela. La ahuyenta de regreso a las esbeltas palmeras, como si fuera una molesta ave marítima. Sus pisadas han abierto un violento desgarrón en el tejido perfecto de cesta. El camarero regresa para disculparse con el lector de Graham Greene justo cuando su sensual novia se está dirigiendo hacia él, ataviada con un bikini violeta reluciente y llevando el *New York Times*. Sus pasos están puntuados con nubecillas de arena. El camarero se retira, entre inclinaciones serviles. La mujer pechugona sigue al acecho, mirándolo todo desde lejos.

Boca Paila, México

¿QUÉ LE HIZO PENSAR, cuando llegó a medianoche cargando con el equipaje húmedo por la arena, que quizás la mañana traería milagrosamente caras nuevas y rutilantes a la mesa del desayuno de tablones, procedentes de sitios tan lejanos como Omaha, por ejemplo, o quizás Saskatchewan, Tonopah, Del Río? ¿Acaso ansiaba tan desesperadamente tener compañía?

Debieron de ser todos los coches blancos idénticos de alquiler que había apelotonados contra las palmeras sacudidas por el viento; o las olas del Caribe, repitiendo la misma canción que ya empezaba a reconocer.

¿Qué le hizo pensar que tendría conversaciones apasionantes sobre distintos «temas» con esos desconocidos, cuando lo único que estos hacían era dividir y separar las cosas con unos criterios de los que los pescadores de verdad venían aquí para alejarse? Lo más seguro era que se quedaría en blanco hablando con todos ellos, y crearía una paranoia profunda y oscura en torno a la mesa llena de piña y melón.

En cualquier caso, está claro que solo están aquí para hacer fotos con la cámara desechable de algún sábalo real aturdido de récord mundial, de algún pámpano o macoa gigantes. Uno de los tipos más corpulentos trabaja obviamente para el servicio secreto, aunque él cree pasar desapercibido. Se le nota en el cuello afeitado, en el bulto de la automática que lleva en el chaleco Simms y en la mata de pelo del pecho cóncavo.

Las esposas pechugonas se quedan en la playa, leyendo novelas históricas y emocionantes thrillers de Grisham bajo parasoles de color verde lima. No se han dejado nada.

Aquí tumbado escuchando a mi hija cazar mosquitos en la habitación de al lado; dándose palmadas en el muslo. Esta noche las olas son más suaves: casi lamen la arena. Se ha apagado el viento. Hay alguien poniendo música euro-disco repetitiva de ninguna parte en la puerta de al lado. Lo único que puedo distinguir es la línea amortiguada de los bajos. Las palmadas de mi hija se vuelven más fuertes y violentas. Su tortura es palpable. Su madre da vueltas en la cama a mi lado y grita: «¡A los mosquitos no te puedes poner a darles porrazos! ¡Hay que tener precisión!». Su voz transmite la autoridad de las Minnesota Boundary Waters. Los golpes procedentes de la habitación de mi hija se detienen. Su vela se apaga.

Quintana Roo, México

Por fin, el ciego y su compañero se sientan a mi lado en la playa. Hace días que siento curiosidad por ellos y ahora de repente aquí están. Se me hace raro tenerlos tan cerca cuando siempre los he observado de lejos; mirando cómo el hombre bajito lleva al ciego hasta la espuma cogiéndolo suavemente del codo y lo suelta cuando las olas les empiezan a romper en torno a las rodillas. Y ahí se quedan de pie, mirando en dirección a Hispaniola. Por fin dan media vuelta y caminan colina arriba por la arena blanca, de regreso al restaurante; el ciego siempre detrás, cogido con mucha suavidad de la camisa floreada del hombre bajito. Sin desesperación. Sin urgencia. Los sigo y me siento al otro lado de una mesa redonda. No puedo evitar mirar directamente al ciego a los ojos. Nunca lleva gafas oscuras y tiene unos ojos muy abiertos que no parpadean. Está claro que son ojos sintéticos, como aceitunas grandes en un Martini pálido. Me doy perfecta cuenta de que esos ojos sintéticos no pueden ver los míos. Cuando su acompañante ve que los estoy mirando, aparto la vista rápidamente hacia el mar verde. Lejos de la orilla, la espuma rompe contra el arrecife de coral formando una fina línea blanca. La fragata permanece suspendida en las alturas, sin mover las alas. Qué creación.

Aquí abajo los perros corren como gacelas. Huyendo de los demonios con motor de gasolina. De los maníacos en motocicleta. Aun así, el movimiento no se detiene nunca. La noche. Las chicas chillonas de vientre plano hablando con sus teléfonos violetas con lentejuelas. Soltando exclamaciones de regocijo. Muñecas desfiguradas colgando del enganche de las camionetas. Y no pueden faltar las embarazadas enormes, saliendo de los callejones cargadas de bebés y con churretones de helado cayéndoles por los brazos. Detrás de ellas, en un techado de paja, algo está siendo sacrificado a los Dioses del Viento. Quizás sea una cabra nueva traída de Mérida. Quizás sea algo procedente de una época completamente distinta. Solo hay una cosa clara. No se detiene nunca.

La tierra de los vivos

—Es impresionante lo agradable que te vuelves cuando has tomado Zenax —me dice. Esto cuando ya llevamos más de una hora plantados en la cola larga y serpenteante de las aduanas, en plena canícula de Cancún. Nos están pastoreando, apelotonados, junto con todos los demás «fugitivos de la nieve» de Minnesota, abanicándonos frenéticamente con sus formularios de inmigración.

—Lo sé —le digo—. Yo mismo estoy impresionado.

—¿*Tú* estás impresionado?

—Pues sí.

—¿Por qué lo ibas a estar?

—Pues porque noto que me sale de dentro una persona agradable y me pregunto si acaso no será mi naturaleza verdadera. Ya sabes: mi yo verdadero.

—Bueno, ¿y qué ha cambiado exactamente?

—Que estoy tomando Zenax.

—Eso lo entiendo —me dice—. ¿Pero qué es lo que te hace más agradable ahora que antes de tomar Zenax?

—A ver, tampoco soy una persona particularmente *desagradable*, ¿verdad?

—Pues no, ahora no.

—No, quiero decir que no me considero alguien particularmente huraño ni irascible.

—Yo no he dicho huraño.

—Pero...

—No te sueles desvivir por dar conversación. Digámoslo así.

—¿Conversación?

—Ahora te dedicas a hablar del tiempo con perfectos desconocidos. Eso no lo has hecho nunca. Desde que te conozco.

—Bueno, es que me ha parecido digno de mención. ¿A ti no?

—¿El qué? —me dice.

—El tiempo. El cambio. La diferencia extrema que hay entre aquí y Saint Paul, y eso que solo estamos a tres horas y media.

—Por eso viene aquí la gente de Saint Paul. Porque el tiempo es distinto. Por eso hemos venido *nosotros*.

—Sí, ya lo sé. Pero aun así es digno de mención, ¿no? Aquí a cuarenta grados y allí a menos treinta.

—Bueno, da igual —dice ella, y se gira hacia el lento ventilador del techo.

Tenemos justo delante a un grupo de maestros de primaria de Duluth que de pronto se ponen a cantar «When the Bear Comes over the Mountain» al perfecto unísono y sin intento alguno de armonizar. Supongo que los han acabado de desquiciar el calor demoledor y la espera. Los policías mexicanos con uniformes antidisturbios nos miran en silencio gélido, las armas tras la espalda, los negros ojos mayas impávidos ante este despliegue de arrojo nórdico. Nuestros hijos adolescentes se han dejado caer al suelo de cemento, rendidos al calor, y están usando las mochilas de almohadas. Han dejado de ofrecer conversación alguna.

—En realidad me alegro de estar vivo —farfullo al cabo de un rato sumido en una especie de estupor, hipnotizado por la tonadilla de los maestros.

—¿Te alegras de estar vivo? —repite, asombrada—. ¿Es eso lo que acabas de decir?

—Pues sí. Igual que Arnold Palmer.

—¿Arnold Palmer?

—¿No es eso lo que dice hoy en día? Ahora que es un carcamal y va renqueando por el campo de golf. «Estoy feliz de estar aquí. Me alegro de estar vivo». Es lo que dice cuando se le acercan con micrófonos y cámaras de televisión, ya sabes, para entrevistarlo en los programas de golf. Da igual que ya le cuesten el golpe corto y el swing. ¿No es eso lo que dice últimamente?

—Ni idea. Creía que estaba muerto.

—¿Arnold Palmer? Qué va. Vivo y coleando. Es un icono.

—Pues vale —dice, y se vuelve a girar.

—En fin, es verdad —sigo diciendo—. Me emociona estar aquí todavía, de vuelta en la «tierra de los vivos».

—No sabía que nos hubieras dejado —dice.

—Bueno, es como me siento siempre que sobrevivo a un viaje en avión.

—¿Que sobrevives?

—Cada vez que me subo a un avión siento que voy a morir. En plan: se acabó, es el final; inevitable. Y luego, cuando me despierto una vez más en tierra firme, pienso que he sobrevivido a una muerte segura y que aquí estoy para contarlo. Por eso tomo Zenax y por eso digo que me alegro de estar vivo. —Mi mujer se me queda mirando un segundo con perplejidad absoluta, como si estuviera mirando a la cara de un perfecto desconocido, y por fin se gira hacia la fila larga y sudada de humanos en el limbo.

—Dios mío —dice—. ¿Por qué está tardando tanto el rollo este de la aduana? Nunca hemos tenido que esperar tanto. ¿Qué demonios pasa? —Al otro lado de los maestros cantores (que ahora han empezado a cantar por turnos, como chicas escolta en torno a la fogata), hay una pareja sombría a la que reconozco de haber visto en el Aeropuerto Lindbergh de Saint Paul. El hombre: en silla de ruedas, algo mayor que la mujer; cincuenta y muchos años, diría yo, con una manta sobre el regazo y bufanda de cuadros en torno al cuello a pesar del calor sofocante, y un sombrero extraño de estilo tirolés con un cepillito asomando de la banda. La mujer (¿su mujer?) de pie tras de él, con la espalda muy recta y las manos apoyadas sobre las asas grises de la silla de ruedas, como si le hubieran asignado una lúgubre vigilancia permanente. Es insulsamente guapa al estilo franco e inocente del interior del país. Lleva un traje fino de lino y zapatos de tacón blancos, que no es exactamente el atuendo más habitual para ir por las playas del Yucatán. Los dos parecen completamente disociados de lo que está pasando: de las canciones bobaliconas y de ese constante abanicarse de todo el mundo a su alrededor que ya se ha convertido en una especie de gesto comunitario de odio a la burocracia mexicana. Nada parece perturbar el profundo estoicismo de la pareja. De vez en cuando, la mujer se saca del bolsillo un pañuelo blanco y lo usa para secarle al hombre la frente y las comisuras de la boca, aunque yo no le veo ninguna humedad. No parece estar sufriendo las secuelas de un ictus ni de un trastorno neurológico, sino de alguna debilitación mucho más larga y lenta. Sea lo que sea, está claro que les ha pasado factura a ambos.

Por fin la fila empieza a moverse a ritmo de caracol. Hacemos levantarse a nuestros hijos y empujamos las maletas por el laberinto de pasillos delimitados con cuerdas en dirección a los inspectores de aduanas. El movimiento repentino e inesperado de la cola parece haber cogido desprevenidos a los maestros. Están recogiendo a toda prisa su equipaje. La pareja austera se limita a rodar en silencio. La cabeza pálida del hombre se inclina lentamente hacia arriba, atraída por la luz del sol tropical que entra a raudales por los ventanales altos y arqueados de la terminal principal. Cada ventana enmarca una palmera absolutamente inmóvil de las que hay fuera. Las ondas del calor se imprimen sobre el cristal en forma de películas de vapor. Un loro verde solitario aletea desesperadamente de una palmera a la siguiente como si no pudiera conseguirlo; como si el calor salvaje lo fuera a fulminar en mitad de su vuelo.

* * *

Terminamos apretujados en un Jeep Wrangler rojo con la capota de lona. (Hemos perdido el Chevy Suburban mucho más grande que yo había reservado por culpa del retraso de la cola de aduanas. México no espera). Mi hijo se queda dormido al instante, con el cuerpo de más de metro ochenta y flaco como una escoba encogido entre el equipaje. Nuestra hija tiene la cabeza apoyada en el armazón de tubos metálicos, usando una camiseta de amortiguador entre el acero y su sien blanda. El espeso aire de la jungla se le derrama por la cara. Mi mujer se ha quedado completamente callada y está mirando una valla publicitaria gigante que muestra a dos gemelas casi desnudas de piel tostada que se esconden coquetamente los pechos perfectos detrás de sendas botellas heladas de Corona.

—¿Tienes una amante? —me pregunta sin venir a cuento de nada.

—¿Una amante? —le digo, mirando para ver si mi hija la puede haber oído, pero el calor también la ha puesto a dormir.

—Eso he dicho, sí. Una amante —repite mi mujer.

—¿De dónde sale esto?

—No te hagas el sorprendido. Podrías tener muy fácilmente una amante y yo no me habría enterado, ¿verdad que no? ¿Cómo me iba a enterar?

—Tengo sesenta años. Esos tiempos se acabaron.

—Hoy en día hay muchas chicas jóvenes que se sienten atraídas por eso. Se ha vuelto chic o algo parecido.

—¿Atraídas por qué?

—Por los hombres mayores. Los hombres influyentes.

—¿Los hombres influyentes?

—No te rías. Ya sabes de qué te hablo.

—No, no tengo ninguna amante.

—¿Cómo sabía que ibas a decir exactamente eso? —Sofoca una risilla y se muerde el labio inferior.

—¿Podemos hablar de esto en otro momento? —le sugiero en voz más baja.

—¿Cuándo? —me dice.

—Cuando no estemos de vacaciones. Cuando no estemos yendo por la Península del Yucatán con los niños dormidos al lado.

—La tienes, ¿verdad que sí? —Me sonríe lentamente, con expresión supremamente vindicada, y después se gira hacia la selva que pasa a toda velocidad. Pasamos frente a un corral de piedra derruido donde unos caballos escuálidos hurgan en el polvo y en su propio estiércol. Les cubren los ojos unas nubes azuladas de moscas.

—¿Esto significa que nos vamos a pasar el resto del viaje en silencio y enfurruñados? —le pregunto a su pescuezo.

—Podemos pasarlo como te dé la gana —me dice sin girarse.

—¿Pero de dónde demonios ha salido esa idea?

—¿Qué idea? —me dice.

—La idea de que tengo una amante.

—Pues mira, sale de tu móvil.

—¿De mi móvil?

—Eso mismo.

—¿De *mi* móvil?

—¿Te vas a dedicar a repetirte todo el tiempo?

—Estoy repitiendo lo que has dicho tú.

—¡Pues sí, joder, ha salido de tu móvil! —estalla. Los dos chavales se mueven y gruñen, pero no terminan de abrir los ojos.

—¿Podemos hablar de esto en otro momento? —le digo.

—Eso también lo has dicho ya.

—Te hablo en serio.

—La verdad es que no quiero hablar del tema. Es ridículo. De hecho, no hay nada que hablar.

—¿O sea que te vas a limitar a creerte una fantasía descabellada, una idea sin fundamento que se te ha metido en la cabeza? ¿En serio?

—No se me ha «metido» en la cabeza. Ha aparecido en tu móvil.

—¿Pero el qué?

—Una voz de mujer.

—Ah, vaya. ¿Y has preguntado quién era? Porque podría ser alguien de la oficina.

—No era «alguien de la oficina». Conozco a todo el mundo de la oficina y esta no era de allí.

—Podría haber sido cualquiera.

—Venga ya...

—Pero es que es verdad.

—Vale, muy bien, sí, perfecto. Podría haber sido cualquier persona del ancho mundo, pero no lo era.

—Solo te digo...

—¡Cállate, anda! —me chilla de golpe. Nuestro hijo se despierta sobresaltado y se agarra del armazón metálico, despertando a su hermana.

—¿Qué pasa? —gruñe, con los ojos clavados en la carretera.

—Nada —le digo—. Nada, vuélvete a dormir.

—¿Por qué estabas gritando, mamá? —pregunta nuestra hija.

—Le estaba gritando a tu padre.

—¿Por qué?

—Pues porque está intentando negar que tiene una amante y resulta que me he enterado de que la tiene. Volveos a dormir, andad.

—Maravilloso. Maravilloso, sí señor. —Le digo a mi mujer—. Felicidades.

—De nada —me dice, y me da la espalda.

Silencio, salvo por el zumbido que emiten los neumáticos extragrandes del Jeep y el viento incansable de la selva al azotar la capota de lona. Los chavales han vuelto a hacerse un rincón entre las maletas y a quedarse dormidos. La espalda de mi mujer transmite perfectamente la idea de expulsión. Exiliado en el Yucatán.

—Más me habría valido venir solo —le digo a su espinazo. No hay respuesta. Pasamos volando junto a Playa. Millas enteras de hamacas de colores festivos colgando al sol; cerámicas gigantes de color ocre con formas de demonios mayas y de criaturas selváticas antaño sagradas; jaguares, serpientes, águilas, ranas. En la carretera todo está en venta: alfombras, zarapes, tapices fosforescentes con sórdidas escenas de virilidad mexicana; guerreros emplumados protegiendo a jóvenes doncellas de panteras con ojos de jade. Unas vallas publicitarias enormes nos dan la bienvenida en inglés a la «Riviera Maya», como si a México le avergonzara ser mexicano—. Ya entiendo lo que pasa —me digo en voz alta a mí mismo, aunque con la esperanza de que me conteste ella. No me contesta. Su espalda sigue siendo una rígida empalizada. La jungla verde nos sigue pasando alrededor a toda velocidad. De vez en cuando se abre un claro en el denso follaje. La luz del día se filtra por la maraña de hiedras y chinchines. Tenemos un vislumbre fugaz de un anciano con su burro cargado de recipientes de leche de plástico rellenados en algún cenote secreto. Una vieja sensación de vidas paralelas. Separadas. Poseídas. Sigo hablando a trompicones, ya más movido por la desesperación que por otra cosa—. Creo que ya lo entiendo, lo que pasa con el Zenax; el hecho de que me ponga tan agradable. —Estoy hablando completamente solo. Los niños están roncando a pierna suelta—. Es como lo que pasaba con los músicos de jazz —sigo diciendo—. Me acuerdo de todos aquellos tipos que tocaban en los sesenta en el Five Spot. Por entonces todos consumían caballo. Era la droga de moda. Una vez le pregunté a un batería por qué lo consumía, ¿y sabes qué me dijo? —No sé por qué estoy planteando esto en forma de pregunta. No hay nadie prestando atención. Pero sigo a la mía—. Pues me dijo que lo consumía porque le hacía callar toda la cháchara interior de su cabeza. ¿No es increíble? Creaba un silencio que le permitía tocar.

No pasa nada durante millas. La mente sigue haciendo piruetas; rebuscando entre sus archivos, reescribiendo el pasado y tropezándose con un pequeño vestigio de eso que llama razón:

—¿Y por qué estabas contestando mi teléfono, a todo esto? Yo no contesto el tuyo, ¿verdad que no?

—Porque estaba sonando —dice de golpe.

—Pensaba que dormías.

—Pues no.

—Pensaba que fingías dormir.

—No finjo nada —dice, todavía sin darme más que la espalda.

—O sea que se puso a sonarme el móvil y lo cogiste...

—Estaba sonando como un loco; soltando esa melodía idiota de «Purple Rain» o lo que sea, dando brincos en la cama. Solo lo cogí para que parara de sonar y de dar saltos.

—¿Y quién contestó?

—¿Me lo preguntas *tú*? —dice. Como un fantasma, aparece en la cuneta una vieja india descalza y encorvada bajo un fardo de leña, esperando para cruzar seis carriles de tráfico amenazador. Los camiones pasaban rugiendo en ambas direcciones. Parece que lleve horas esperando ahí. Está atardeciendo a través de las franjas de aire caliente y los zanates se empiezan a congregar en los algarrobos.

* * *

Para cuando llegamos al minúsculo complejo turístico, completamente a oscuras, ya estoy convencido de que mi vida ha naufragado del todo. Estoy peor que solo. Soy un hombre que viaja con sus enemigos acérrimos, que resulta que además son su familia inmediata. Esto se está volviendo una tragedia griega o algo peor. Un conserje gordezuelo emerge de un arco de buganvillas, empujando una carretilla y agarrando una linterna entre los dientes. Se alegra mucho de vernos, dice tras escupir la linterna; su cálida sonrisa se nos posa en las tristes caras. Nos informa de que los dueños ya se han ido a dormir. Estaban levantados esperándonos, pero se ha hecho tarde. Pero él tiene la llave y nos va a enseñar nuestra habitación. Amontona nuestras maletas en su carretilla, se vuelve a poner la linterna entre los dientes y todos lo seguimos por el sendero serpenteante de losas. Hay unos generadores eólicos sobre postes metálicos muy altos zumbando y aleteando como aves exóticas. El viento constante del Caribe azota las palmeras, obligándolas a ejecutar una danza salvaje. Mientras seguimos el haz bamboleante de la linterna, experimento el extraño deseo de que fuéramos gente distinta; desconocidos que se acaban de juntar en plena noche. Cómo de felices seríamos si no nos conociéramos de nada. Sin antecedentes. Sin remordimientos.

* * *

Amanece. El viento ha amainado y el mar se extiende llano y liso hasta el horizonte. El gigantesco sol rojo presiona contra el arco distante del horizonte. ¿Cómo de lejos está el resto del mundo? Soy el primero en despertar y me siento encantado de estar solo en la playa. Unos cangrejitos blancos y minúsculos se meten correteando en sus agujeros cuando me acerco. Frente a mí corretea un grupo de zarapitos, entrando y saliendo con sus brincos de la espuma silenciosa. En las alturas planea la fragata. Me giro en dirección a las antiguas ruinas mayas y veo a la pareja de Saint Paul, contemplando en silencio el sol naciente; la mujer mantiene su vigilancia tras la silla de ruedas, exactamente igual que en el aeropuerto. El hombre está sentado con la espalda recta, gafas de sol y el sombrero en el regazo con el ala en las manos. Cuando el sol monstruoso corona el horizonte, la pareja se tiñe de un rojo rosado después de un lento resplandor naranja, como si pudieran inflamarse en cualquier momento y deshacerse en cenizas sobre la arena. Ninguno de ellos se mueve ni una pulgada; petrificados bajo la luz ardiente. Por fin han llegado.

Me aparece al lado mi hija, todavía adormilada, con pantalones de chándal y la cara de Bob Marley gritándole en el pecho de la camiseta.

—Hola, papá. Nunca he visto el sol tan rojo. ¿Tú?

—Solo aquí. Supongo que debemos de tenerlo más cerca o algo así. Es el Ecuador. ¿No?

—Supongo. ¿Ya has desayunado?

—Qué va. Ni siquiera sé si ha abierto ya la cocina.

—Me ha parecido oír un ruido de platos.

—Eso siempre es buena señal —le digo, dándole un beso en la

frente. Me viene a la cabeza un ligero olor a polvo de talco que recuerdo de cuando era bebé. Pura dulzura en mitad de este desastre. Me coge del brazo y nos alejamos por la arena blanca hacia el comedor. Echo un vistazo breve por encima del hombro, pero la pareja de Saint Paul se ha esfumado. Me detengo y me doy la vuelta para examinar la playa en su busca.

—¿Qué pasa, papá?

—No lo sé. Acabo de ver a esa gente en la playa y de pronto ya no están.

—¿Qué gente?

—Esa pareja que estaba haciendo cola con nosotros en el aeropuerto. Seguramente no los viste.

—Estaba durmiendo.

—Sí. Han desaparecido sin más. ¿Cómo es posible?

—No lo sé. Tengo hambre, ¿tú no?

* * *

Las mesas del comedor tienen servilletas de color rosa y ramilletes coloridos de buganvillas metidas en jarrones finos de cristal. Hay un camarero maya sirviendo agua con hielo de una jarra metálica. Nos sentamos junto a la ventana y frente a dos mujeres con ropa idéntica: camisas blancas almidonadas, corbatas rojas y peinados masculinos. Están cogidas de la mano por encima de la mesa y contemplando el batir de las olas. Suena una música New Wave computerizada que se repite hipnóticamente, como hilo musical de casa de masajes. Le da al comedor un sombrío aire apocalíptico. Nadie sonríe. Las vistas espectaculares de la playa blanca se extienden por la península estrecha hasta deshacerse en forma de volutas de espuma marina. Aparecen dos soldados oscuros paseando despreocupadamente junto a las olas; sus caras indias aguileñas contrastan con sus uniformes de camuflaje y con las metralletas que llevan sujetas a la espalda. Una flota de pelícanos blancos les pasa nadando al lado antes de zambullirse. Uno de ellos se sumerge de cabeza en la corriente verde y vuelve a salir con un mújol en el pico.

—Solo te quiero aclarar una cosa, Emma —le digo a mi hija mientras me aliso la servilleta rosa sobre la rodilla—. Tu madre no tiene ni idea de lo que está diciendo.

—¿A qué te refieres? —me dice.

—A lo de ayer en el coche.

—¿Qué estaba diciendo?

—Lo de... ¿no oíste lo que te dijo?

—Ah, ¿te refieres a lo de la amante?

—Sí.

—¿Y qué pasa?

—Bueno, que no es verdad. Es pura fantasía. O sea, resulta que me sonó el teléfono y ella lo cogió y...

—De verdad que no quiero saberlo, papá —me dice, estrujando una rodaja de lima encima de su melón—. Es algo entre tú y ella.

—¿Quién? ¿Entre yo y quién?

—Pues mamá. ¿Quién va a ser?

—Pero es que simplemente no es verdad, es lo que te estoy intentando decir.

—No importa. No tiene nada que ver conmigo.

—Sí que tiene que ver, Emma. Formas parte de esta familia. Simplemente no quiero que haya entre nosotros ningún malentendido extraño.

—No hay ningún malentendido —dice, y sonríe a las dos mujeres del otro lado de la mesa, que siguen cogidas de la mano.

—Es que no sé de dónde saca esas ideas, te digo la verdad. O sea, sin venir a cuento de nada hace esa acusación absurda. Es...

—¿Podemos hablar de otra cosa, papá? Venga, que estamos de vacaciones.

—Claro —le digo, y me quedo mirando la nubecilla arremolinada de crema que tengo en el café.

Entra en el comedor un hombre con perilla y varias Leicas colgando del cuello y acompañado de un par de modelos esculturales. Los tres se muestran altivos y evitan mirar a nadie a la cara; se ponen a examinar las mesas en busca de una ubicación estratégica. El hombre levanta el dedo índice en dirección al camarero y señala una mesa que hay en la esquina, lejos del sol directo. El camarero asiente con la cabeza y hace una pequeña media reverencia. Las modelos se contonean con cadencias estudiadas, como si cada uno de sus gestos estuviera siendo representado para un público cautivado.

—¿Tienes ganas ya de empezar la universidad? —le pregunto a mi hija después de una larga pausa.

—Pues sí —me dice.

—¿Ya has pensado qué vas a estudiar?

—Creo que estudios medioambientales. También hay un curso sobre mujeres en la Guerra Civil.

—Eso parece interesante. ¿Qué mujeres? ¿Quieres decir mujeres famosas o...?

—Harriet Becher Stowe, Mary Todd Lincoln. Mujeres así.

—Ajá —digo—. Mary Todd se volvió tarumba, ¿no?

—¿Ah, sí?

—Creo que sí. Después del asesinato. Se convirtió en una ermitaña. Hablaba sola...

—¿En serio? —dice mi hija.

—Eso creo.

—¿Eso es señal de locura?

—¿El qué?

—Hablar solo.

—Pues...

—Porque yo hablo sola todo el tiempo.

—¿En serio? —digo.

—Bueno, no *todo* el tiempo.

—Claro. O sea, no... Todos hablamos solos alguna vez.

—¿Tú hablas solo? —me pregunta.

—Claro. O sea, de vez en cuando.

—¿Y de qué hablas? Cuando hablas solo.

—Pues... de nada, en realidad.

—¿De nada?

—No... pequeñas preguntas, nada más. Pequeñas...

—¿Por ejemplo? —dice.

—Por ejemplo, ¿dónde he dejado las gafas? O...

—Ah, sí, pero eso solo es hacerte una pregunta en voz alta. Eso lo hace todo el mundo. Pero, a ver, ¿mantienes largos diálogos y discusiones contigo mismo? ¿Esa clase de cosas?

—¿Discusiones? —digo.

—Sí.

—No. ¿Tú?

—Tampoco.

—Bien. Me alegro. Me tenías preocupado por un momento. —Mi hija sonríe y se mete un cacho de piña en la boca—. En fin, todo eso suena muy interesante, Emma. Mary Todd Lincoln y Harriet Beecher Stowe.

—Sí. Fue ella a quien Lincoln llamó «esa mujer pequeña que empezó esta guerra tan grande».

La modelo más alta de la esquina se echa a reír frenéticamente y a darse palmadas en los largos muslos de ébano, como si acabara de oír el mejor chiste de la historia. El fotógrafo y la otra modelo ponen caras de póquer mientras su compañera sufre un ataque de risa con convulsiones. Ahora su colega se levanta y se pone a darle golpes entre los omóplatos mientras el fotógrafo se queda sentado sin hacer nada. La primera mujer se levanta de un salto, escupiendo y asfixiándose, mientras la segunda le sigue aporreando la espalda. Por fin las dos echan a correr histéricamente a través del vestíbulo y hasta el lavabo. El hombre de la perilla se queda solo en la mesa. Saca un periódico francés; lo abre, da un sorbo de agua con hielo y se pone a leer sobre el estado lamentable del mundo.

—¿Qué le ha pasado? —dice mi hija.

—Se le habrá quedado algo atascado en la garganta, imagino. —Mi mujer y mi hijo aparecen bajo el arco amarillo del comedor y nos ven sentados a la mesa.

—Buenos días —dice mientras se acercan.

—Buenos días —le digo—. ¿No te dejó dormir el viento anoche? No parabas de dar vueltas.

—No fue el viento —me dice, apartando su silla de la mesa.

* * *

El resto de nuestra estancia allí la pasamos básicamente paseando por la playa blanca, leyendo a Graham Greene, flotando sobre las olas con mi hijo, acercándonos algunas noches a cenar al pueblecito ruinoso y caminando por las callejuelas sin asfaltar; mi mujer se dedica a hacer fotos de los perros pelones que nos miran desde las azoteas bordeadas de alambre de púas. De vez en cuando nos encontramos con amistades o conocidos de viajes anteriores y nos sentamos con ellos en algún café para tomar unas cervezas. Una tarde de mucho sol visitamos las ruinas y subimos por las escaleras del templo donde la sangre oscura de los corazones sacrificados todavía mancha la piedra antigua. El tema de la «amante» no vuelve a salir para nada, aunque hay momentos extraños en que brota un rencor innegable y acechante; una discusión por el uso de la palabra española «buscando», o bien una pequeña rencilla acerca de si dejamos o no el ventilador del techo encendido toda la noche, malgastando la preciada energía solar. Aun así, la mayor parte del tiempo tenemos una conducta decente el uno hacia el otro y hasta nos cogemos de la mano un par de veces durante nuestros paseos vespertinos, recordando los tiempos en que casi nunca nos perdíamos de vista entre nosotros y no teníamos razones para dudar de que estaríamos siempre enamorados.

* * *

En el vuelo de regreso nos sentamos los cuatro en fila, con el pasillo dividiéndonos en parejas. Nuestra hija y yo nos sentamos a un lado. Directamente detrás volvemos a tener a la pareja de Saint Paul. El hombre ocupa el asiento de la ventanilla y emite una serie de gemidos suaves y guturales antes de quedarse apoyado en silencio en el cristal. Mientras sobrevolamos el Misisipí, la mujer suelta una exclamación angustiada y se levanta de un salto para ayudar a su marido. Me desabrocho el cinturón de seguridad y voy a ver si los puedo ayudar. La mujer está sobre el regazo del hombre, usando su pañuelo blanco para intentar contener el chorro espantoso de fluido marrón que le mana por el pecho. Está llorando y besándole la frente, que se le ha puesto igual de blanca que el pañuelo. El cuerpo entero del marido parece completamente desinflado y aplastado contra el cristal mientras el cielo pasa a mil por hora. La mujer se gira hacia mí con la cara descompuesta de dolor. Toda la pena que ha estado conteniendo heroicamente le sale a borbotones. Se hace a un lado y cojo al hombre de los hombros para sacarlo al pasillo. Nada más agarrarlo me doy cuenta de que está muerto. Lo extiendo sobre el pasillo, boca arriba. Otro pasajero que dice ser médico se le arrodilla al lado, le desabotona la camisa y se pone a presionarle rítmicamente el pecho con las manos puestas una encima de la otra. Me fijo en que el médico lleva en el dedo un anillo de rubí oscuro con el emblema de una serpiente enroscada en torno a una cruz. La mujer no se separa de los ojos abiertos del muerto y se dedica a hablarle en voz baja entre sollozos. Las azafatas cierran las cortinas de la sección de primera clase y usan mantas con el logo de la línea aérea para taparle al muerto las piernas y el torso. El médico pasa a la reanimación boca a boca, usando un pequeño artilugio de plástico que le introduce en la boca al muerto. Cuando el médico se detiene para tomarse un respiro, la mujer le suplica que no lo deje. El piloto anuncia por megafonía que vamos a hacer un aterrizaje de emergencia en Saint Louis y que todo el mundo tiene que poner los respaldos de los asientos en posición vertical y abrocharse los cinturones de seguridad. El avión desciende y se pone a trazar círculos sobre la ciudad. Al médico se le ha puesto una expresión lúgubre, aunque la mujer sigue suplicándole que no lo dejara estar. Mientras aterrizamos, veo varias ambulancias con equipo de soporte vital flanqueando la pista con sus luces amarillas y rojas parpadeantes. Unos jóvenes paramédicos con monos azules entran en el avión y amarran al muerto a una camilla. La esposa y el médico salen con ellos. Desde la ventanilla veo el cuerpo del muerto sacudiéndose espasmódicamente cuando lo enchufan al desfibrilador eléctrico. Los brazos se le agitan impotentes sobre el asfalto negro. Luego le cubren la cara con las mantas. El médico rodea los hombros de la viuda con el brazo. Se apartan un paso del cuerpo.

* * *

Hacemos en silencio el trayecto del aeropuerto de Saint Paul a casa. Los chavales se marchan de inmediato a visitar a sus amigos del barrio. Los perros se alegran de vernos. El canario revolotea de un lado al otro de la jaula, haciendo tintinear su cascabel. Hace frío en la casa y subimos el termostato a 24. Llevamos las maletas de mano escaleras arriba hasta el dormitorio y las dejamos en el suelo. El móvil se me pone a sonar y a iluminarse en mitad de la cama. Justo donde lo he dejado.

Porche con mosquiteras

EL HOMBRE SE FUMABA su Cohiba del mercado negro en el porche con mosquiteras, debajo de la ventana del dormitorio de la mujer, y leía *The Quarter Horse News* bajo una lámpara rodeada de polillas, en aquellas noches cálidas de la pradera en las que las Harley Davidson rugían río arriba y río abajo y en todos los cupés que pasaban había chicas adolescentes chillando.

La mujer le gritaba que le estaba entrando el humo del puro por la ventana abierta y que por qué no se iba a fumar aquella porquería a otra parte, y el hombre le gritaba que no, que estaba bien donde estaba y que, si tanto le molestaba, iba a tener que cerrar la puñetera ventana o irse a leer a la cocina.

Luego la mujer se ponía a dar golpes con el libro de tapa dura que estaba leyendo en el suelo de madera, al lado de su cama, justo encima de la cabeza del hombre, y él sabía que tenía que ser un libro de Zola, porque ella no leía nada más que Zola, y él sabía que ella leía Zola porque ella sabía que Zola era demasiado complicado para él.

Luego, después de un rato así —ella dando golpes con el libro y él soltando más humo—, el hombre se alejaba en la noche, por puro rencor, hasta desaparecer al otro lado del prado a oscuras, dejando un rastro de humo azul por encima de los hombros agarrotados, y dejando que la puerta de la mosquitera se quedara dando golpes, y quizás echaba un solo vistazo hacia atrás para ver la luz amarillenta de la mujer, acordándose de los tiempos en que ella se preguntaba si él iba a volver, y de la emoción terrible que le producía que ella sufriera por su regreso.

Clarksville, Missouri

(Autopista Little Dixie)

PARAMOS A ORILLAS del Misisipí y caminamos hasta un monumento de piedra caliza amarillento, dedicado a los voluntarios que asistieron a las víctimas de las inundaciones de 1973. Hay dos marcas en la piedra que indican que el nivel de las aguas llegó a rebasar el metro y medio. Nos subimos a la piedra, nos sentamos en ella y miramos a una familia que está pescando a orillas del poderoso río. El hombre tiene un sedal muy largo de monofilamento violeta enrollado en torno a una botella de Coca-Cola que hace girar para recoger hilo, mientras la mujer pesca con una caña de carrete ligera y barata, de las que se pueden comprar en el Walgreens o el Kmart. Los chavales cabriolean por la orilla, tirando palos y riendo a carcajadas mientras sus padres trabajan con expresiones duras y sombrías. Salta a la vista que no están pescando por placer. La mujer casi atrapa algo que parece una carpa rosada y fea, pero se le escapa del sedal cuando ya la está sacando del agua. Echa a correr tras ella, pero está en una forma física horrenda y el pez se le escapa. La mujer levanta los brazos con gesto exasperado y se gira hacia su marido en busca de compasión, pero el marido está ocupado intentando sacar del agua otra carpa todavía más grande y fea. La carpa chapotea en los bajíos, boqueando con sus morros de ventosa y contemplando el mundo luminoso con su ojo enorme. La mujer corre desesperada hasta el pez mientras su marido mantiene el sedal tenso con la botella de Coca-Cola. Intenta agarrar a la carpa del cuello, pero el pez se suelta y se vuelve a meter de un salto en el agua. Uno de los críos corre hasta su madre y le da un tablón alargado, que ella agarra y se pone a golpear al pez con él en la cabeza, provocando que se rompa el hilo. La carpa se aleja nadando perezosamente por las aguas negras del Misisipí, con los niños persiguiéndola y riendo histéricamente. El hombre levanta las manos con gesto exasperado, pero no dice nada y se pone a enrollar otra vez el sedal distendido en torno a la botella de Coca-Cola. La mujer se encoge de hombros y regresa con su caña; lanza el pesado anzuelo triple bien lejos y le da la caña a su hija. El hombre se queda contemplando el ancho curso del agua. Ya están acostumbrados a las decepciones amargas.

Comíamos juntos en unos cafetines oscuros iluminados por ristras de guindillas eléctricas, con vistas a las míseras calles; perros esqueléticos esquivando ciclomotores explosivos de fabricación casera. Un olor intenso a tortillas de maíz friéndose.

Paseábamos juntos por la larga playa blanca, por entre huevos de tortuga que no se habían abierto, brazos de muñecas rosados y duros descoloridos por el sol abrasador y zapatos de tacón de agujas recubiertos de percebes que debía de haber traído la marea de Cuba o de alguna lejana embarcación de recreo.

Nadábamos juntos por el mar verde, con la lluvia cayéndonos en la cara, los brazos abiertos a la columna alta y negra de nubes y ella sonriendo con su enorme sonrisa del Medio Oeste.

¿Dónde estamos ahora?

La cabeza reflexiona

Es una lástima, pero de haber estado yo entero, de no haber estado completamente decapitado, tal como me había encontrado él en la zanja, nos podríamos haber hecho buenos amigos. ¿Quién sabe? Parecía haber una afinidad genuina entre nosotros. Pero la verdad era que yo no buscaba amistad. Mi situación no me lo permitía. Lo único que me hacía falta era una bestia de carga. Es triste decirlo. Pero eso era todo. Alguien que me llevara de un sitio a otro. Egoísta, sí. Pero es que me encontraba en una situación desesperada. Una situación que jamás podría haber previsto, igual que nadie puede predecir la fecha y el lugar de su propia muerte. Por las noches me quedaba mirando el océano del cielo, en busca de señales celestes, quizás de alguna profecía. Pero desde mi incómoda posición en el fondo de la zanja solo se me revelaban fragmentos de galaxias. La cola de Escorpio. La pata de Pegaso. El familiar cinturón de Orión. Nada entero ni claro, ninguna historia contada en tres partes. Nada así de pulcro. Solo fragmentos en plena caída. Estrellas fugaces. Satélites que seguían metódicamente sus órbitas en bucle. Incluso los ruidos parecían rotos y desconectados de sus orígenes. Patos revoloteando a oscuras sin rumbo. Batir de alas. Una zarigüeya abriéndose paso a ciegas por la maleza. ¿Y para qué? Una vez, una perra berrenda vino y se puso a olisquearme el cuello cortado y a lamerme los ojos, pero se marchó al trote sin darme ni un mordisquito. En busca de carne más fresca, supongo. No era la soledad lo que me desgastaba tanto como estar en el limbo. No saber dónde terminaría. En algún contenedor de color naranja rumbo a los Montes Ozark, quizás. Era entonces cuando me venían a visitar a la zanja frágiles pensamientos de amistad. Los notaba hurgar por dentro del sitio donde había tenido el pecho. La ausencia de cuerpo no es algo a lo que te acostumbres de inmediato.

Bernalillo

En verano de 1984, mi padre murió atropellado en un pueblo de Nuevo México donde las calles anchas y polvorientas están soterradas a un metro por debajo del nivel de las aceras modernas. A inicios del Siglo xx, este elemento de planificación urbanística estaba diseñado para proteger a las mujeres con falda de los torrentes de barro rojo que levantaban los carros de cuatro ruedas y las mulas. Mi padre salió dando tumbos hacia atrás del bar Cibola y se cayó desde una de aquellas aceras tan altas bajo las ruedas de un Chevrolet El Camino con luces de neón azul perfilando el chasis bajo. El conductor anónimo ni siquiera paró. El camarero llamó a la ambulancia de Albuquerque. Cuando cargaron el cuerpo destrozado de mi padre en la camilla, le preguntaron si sabía cómo se llamaba. «Sam a secas», dijo, y se murió. Llevo desde entonces teniendo un miedo cerval a que se me eche encima por sorpresa un coche.

Nos sentamos a la luz rosada de las velas
para contarnos historias de aguas revueltas
de acercarse nadando demasiado al arrecife
Remolcado, presa del pánico
Pesadillas subacuáticas
Mujeres jadeantes
Saltando del bote de pesca para mear
Doscientos pies
De Caribe negro
Hasta el fondo

Todo el tiempo olas monstruosas
Rompiendo
justo fuera
mamparas verdes
cangrejitos blancos
congelados
centinelas en pose
junto a sus hoyos diminutos
pinzas translúcidas
levantadas al aire salado

y la fina esquirla
de luna
ahí suspendida

Juramento negro

TENGO ENTENDIDO que has dado pasos de gigante hacia tu rehabilitación.

¿Quién te lo ha dicho?

Me lo ha dicho un pajarito.

Uy, qué mono.

Bueno...

¿Qué te han dicho? ¿Que me arrepentí? ¿Que me puse de rodillas? ¿Que hice el juramento?

Que te has estado portando bien.

Qué amables.

No has puesto a parir a nadie.

Ya estoy de vuelta de eso.

Ni has escupido a nadie a la cara.

Dios me libre.

Te interesa salir de aquí, ¿no?

Me es igual fuera que dentro.

No lo puedes decir en serio.

Anda que no.

Pues yo tenía esperanzas de que pudiéramos llegar a un entendimiento.

La esperanza es para los políticos.

Me acuerdo muy claramente de Paul. De cuando sabía que se estaba muriendo y se lo veías en los ojos. Un día me invitó a su cuartito minúsculo. No más de dos metros y medio por tres. Me pidió que me sentara allí con él. Que me sentara, sin más. Y se sentó también, con la espalda muy recta, en una silla de respaldo recto, las manos sobre las rodillas, la mirada posada con calma en el suelo. Me preguntó por mis caballos. Eso fue lo primero. Lo quería saber todo de mis caballos. Me dijo que era bueno perseguir tus «pasiones». Esa fue su palabra: «pasiones». Me contó que se acordaba de un día en que había ido a caballo. De sentarse un día, hacía años, en una silla de montar. Del momento en que experimentó la sensación. Del toque sutil. Del caballo respondiéndole. De la sensación que le produjo. Del poder. Cuatro días más tarde, Paul estaba muerto. Los conté. Todos y cada uno.

Cosas que aprendes de los demás

A DEJAR DE METERTE la camiseta por dentro de los calzoncillos. A beber de un vaso sin babearlo. A comer con tenedor en vez de con las manos. A secarte dentro de la ducha para no mojar el suelo. A hacer el nudo de medio cote. A asegurarte de que el arado de discos se solapa con el dibujo de los neumáticos. A saber cuándo un potro tiene los aplomos remetidos. A conducir con un ojo cerrado cuando vas borracho como un piojo. A dormir toda la noche en una zanja. A afilar un cuchillo con una piedra. A destripar ciervos. A leer el vuelo de los halcones y de los búhos. A soltar al perro de caza en un campo de hierba alta cuando ves que las puntas de las espigas se mueven con un patrón ondulado. A vendarle los ojos a un caballo asustadizo con arpillera. A no hacer nada más que escuchar cuando hay alguien que no quiere hacer nada más que hablar.

Lo que no se aprende, en cambio, es a proteger a los demás de esas manifestaciones tuyas de crueldad y de malicia que tan insidiosamente has aprendido por las malas y de las que te resulta imposible deshacerte por mucho que te gustaría que te consideraran una persona decente e íntegra.

Violar y saquear

Vamos a violar y saquear. ¿Te apetece?

¿Cómo? ¿Has perdido la cabeza?

Que no, venga. Solo una vez más. ¿Qué me dices?

¡Ni hablar! Pero si ya lo dejamos. ¿Qué le ha pasado a tu memoria a corto plazo?

¿Qué? ¿Cuándo?

Promesas. Juramentos. Resoluciones.

Ah, esas cosas.

Solo hace dos días. Y lo juramos sobre un montón de Biblias.

Lo juraste *tú*.

Y tú también. Pero si fui tu testigo.

No era yo.

Yo estaba presente, cogiéndote la mano escuálida cuando llorabas pidiendo compasión y perdón. No me mientas.

Eso ya es agua pasada.

¡Hace dos días!

¿Y qué?

¡No seas gilipollas! ¿Quieres volver a empezar con todo aquello? ¿Con todo aquel... tormento?

¡Era divertido! Venga.

¡No! No era divertido. Era una tortura.

Era divertido torturar a los demás. Lo tienes que admitir.

Me vas a hacer vomitar.

Sacarles los ojos con varas candentes.

¡Para!

Descuartizarlos.

¡Aléjate de mí! Vete a caminar por el otro lado del campo. No quiero tenerte cerca.

Me echarás de menos.

¡Ja!

Ya lo verás. Tú irás caminando por aquí y yo iré por allí y mirarás de lado a lado del ancho campo y anhelarás mi compañía. Espera y verás.

No seas idiota.

Me echarás de menos. Lo sabes. Con todo lo que nos hemos divertido a lo largo de los años.

¡No era divertido! Sácate eso de la cabezota. Divertirse es… ir a la noria y comer algodón de azúcar. Sé lo que es divertirse.

El éxtasis mareante del poder absoluto. El desenfreno. Saquear cosas para no usarlas nunca.

¡Muy bien! Basta. *Soy yo* quien se va a pasear por el otro lado del campo y tú te quedas aquí. Quédate aquí con tus fantasías y yo me iré allí.

Será lo mismo.

¿El qué?

Será lo mismo que si *yo* camino por allí y tú te quedas por aquí. Me seguirás echando de menos. Seguirás mirando de lado a lado del campo y anhelando mi compañía.

¡Deja de seguirme! Eres peor que un perro.

Soy un perro.

Un loco es lo que eres. ¡Como una cabra! ¿Es que no tienes ninguna clase de reparos? ¿No sientes ni la más ligera punzada de remordimientos?

¿Cómo?

¡Que estás chiflado! Quizás en un pasado remoto hubo un asomo de esperanza para ti, una posibilidad mínima de que conservaras un poco de cordura o amor propio. ¡Pero no! Les diste la espalda y te encaminaste al horno en llamas. Para no regresar nunca. ¿Eso no te lleva a hacerte alguna pregunta?

¿Sobre qué?

¡Sobre esto en lo que te has convertido!

Estoy exactamente donde quiero estar. A tu lado.

¡Que pares de seguirme!

¿Y qué vamos a hacer, si no? ¿Quedarnos plantados como un par de postes? Pensaba que querías dar un paseo.

¡Quería dar un paseo en paz! Yo solo. A solas con mis pensamientos.

¿Cómo puedes estar a solas con tus pensamientos?

Déjalo. Eres imposible. ¿Sabes qué voy a hacer? Te voy a atar a ese sicómoro con mi cinturón. Eso voy a hacer. Te voy a colgar de la rama más alta.

Ah, ¿o sea que ahora me vas a liquidar? ¿Es eso?

No, te colgaré de tal manera que los pies te toquen apenas el suelo. Lo justo para que puedas apoyarte de vez en cuando.

Vaya, muchas gracias.

Quizás te lapidaré como en los viejos tiempos. Con piedras y nueces.

¿Lo ves? No lo puedes dejar.

Te mantendré con un hilo de vida. Colgando de un hilo.

¿Y qué propósito tiene eso?

¡Que tiembles y supliques compasión!

Pues no va a pasar.

Ya lo verás.

Soy más duro de lo que parezco.

Ya lo verás. Cuando lleves tres días tendrás tanta hambre que te comerás un brazo.

No me trago ese arrepentimiento transparente tuyo.

¿El *mío*?

El tuyo.

¡Pero si confesamos juntos!

¿Confesamos? ¿Ahora qué soy, católico o algo así?

¡Para de seguirme! ¡Lárgate! Vete a otra parte.

Ahora me estás hiriendo los sentimientos.

¿Qué sentimientos?

¿Lo ves?

Ya no pienso hablar más contigo. Voy a seguir con mi paseo y tú te vas a dedicar a seguirme. Te vas a dedicar a irme detrás y arengarme, como has hecho siempre, pero yo voy a fingir que no estás.

No es posible.

Verás si no.

¿Y cómo encontrarás inspiración?

Ya lo verás.

¡Espera!

¿Debería ir al norte
Con ella
Meterse en la cama
Con ella
Y acaso eso le ayudaría a olvidar pronto
Esas pesadillas matinales
Y el deambular por los bosques
Donde una vez más no descubre nada
Más que las mismas supersticiones
Vestigios de sagas vacías
Que ni traen suerte
Ni nada más
Que uno pueda entender?

¿Acaso ir a toda prisa allí
Con ella
Al norte por la 39
Borraría todo eso
O simplemente crearía una serie nueva
De circunstancias anárquicas
De las que se arrepentiría pronto

Y que le harían preguntarse por qué se fue
Del tan dulce y soleado sur?

Quédate
Se dijo a sí mismo
Con la voz de un hombre
De un hombre que estaba dentro de su pecho
Y que le dijo en tono severo
Que las cosas ya estaban cambiando
A peor
Y que era muchísimo mejor
Quedarse donde estaba
Sentado en su sillón descolorido
Que arriesgarse a coger otra vez la carretera
Con todas sus amargas decepciones

Quédate
Y apechuga con todo
Entre el ganado y la luna

Pero qué pasa si ella va
Y la palma
Sin más
Desaparece de la faz de la tierra
En alguna parte
Sin un solo beso de despedida
Eso debería ser peor
Que arriesgarse a coger la autopista
Una última vez
Está claro
Que debería ser muchísimo peor

Quédate
Y contempla las posibilidades que se abren
Surgen
Y se desploman
¿Qué tienes que perder
Salvo todo
Pedazo a pedazo
Todo
Día a día?

Moneda perdida

NADIE CUIDA de la tumba de mi padre en el Cementerio para Veteranos. Es una simple losa blanca azotada por el polvo rojo y los tórridos vientos de las Montañas Sangre de Cristo. En invierno ni siquiera se la puede encontrar bajo los bancos azules de nieve. Te pones a remover la nieve con el pie como si buscaras monedas perdidas. Se te ponen las manos rojas y entumecidas de escarbar. Cuesta respirar por culpa de la altura. Terminas bebiendo.

Una vez se me acercó una ardiente joven latina en un bar y se limitó a declarar que su abuelo, Filiberto Luján, ocupaba la tumba contigua a la de mi padre. Se esfumó enseguida, antes de que me pudiera enamorar.

Dando vueltas

AQUÍ SENTADO. Viendo bombear mi corazón en mi tobillo derecho. Bum-bum. Bum-Bum. En la puerta de al lado, una mujer suelta una risa atolondrada. Está entreteniendo a sus hijos. Poniendo voces locas. Cambiando de cara. Corriendo de una habitación a otra. Los chavales se rompen la cabeza intentando encontrarla.

Te pasas la vida dando vueltas a tu vida, ¿pero llegas a encontrarla? Das vueltas desde el aire. Como un halcón. Bajo la capa de ozono. Mirando hacia abajo. De caza. De Pecos a Healdsburg. De Carlsbad a Reno. ¿Pero la encuentras?

Aquí sentado en una silla de respaldo recto. Mirando hacia abajo. Bum-bum. Con la misma pinta que el niño aterrado de tu anuario de la Duarte. El curso en que no llegaste a graduarte. ¿Estoy mirando? ¿Estoy viendo esto? El sol ilumina mi pierna desnuda. Venas arrugadas. Con los gruesos pelos enroscados en torno a mis marcas rojas de montar a caballo. Batallas. Cuchillos y pistolas. Los chavales de la puerta de al lado. Gritando. No sé si están felices o asustados.

Te pasas la vida dando vueltas a tu vida, ¿pero llegas a encontrarla?

Hay un hombre en una cabina telefónica
Iluminada dramáticamente
Se está reservando
Para su último cigarrillo

Le cambia de color la cara
Tiene empapada la mano
Con que busca una moneda de cuarto de dólar
Y saca una de diez céntimos

De vuelta en el bosque

He vuelto.

Vaya, mírate. Parece que has vuelto.

He vuelto, sí.

Bueno, bueno. ¿Y por cuánto tiempo esta vez?

Pues... no lo sé.

Ajá. ¿Y qué? ¿Cómo te fue haciendo el tonto por las carreteras de América, día tras día? ¿Has tenido alguna revelación?

No...

¿Epifanías?

No...

¿Manifestaciones divinas?

Escucha...

¿Qué? ¿Tienes que hacer alguna confesión?

No... ¿Por qué?

¿Te sientes culpable?

¿De qué?

¿A cuántas mujeres patéticas has dejado por ahí, aturdidas y perplejas, caminando en círculos?

¿No podríamos...?

¿Qué?

¿Llevarnos bien?

Depende.

¿De qué?

De tu disponibilidad.

Me voy a quedar aquí por lo menos una semana.

No hablo de eso.

¿Pues de qué?

Da igual.

¿Cómo?

Tengo que ir a la oficina de correos.

Espera un momento.

¿Qué?

No sé. ¿Acabo de volver y te tienes que ir a la oficina de correos?

Pues sí. La vida continúa.

Ya lo sé, pero...

¿Qué?

No sé...

Ah. ¿Te importaría sacar el Chevy del césped, por favor? Mata la hierba.

Claro que no. ¿Dónde lo quieres?

Me da igual. Junto al lago, quizás. No, junto al lago no. No quiero tener que verlo por las mañanas, cuando miro por la ventana de la cocina.

¿Pues dónde?

Llévatelo al medio del bosque. Adonde sea. Donde yo no lo pueda ver.

Holyoke

HAY ALGUIEN disparando en el corazón del bosque. Sopla viento del norte y hay alguien disparando. Un halcón brega contra el viento, escorándose y bajando en picado, haciendo lo que puede. Dos colimbos. El viento impulsa el agua en forma de ondas oscuras. Al otro lado del lago, alguien sigue disparando. La luz no para de cambiar. Se puede ver en ella el mal tiempo. Un mal tiempo procedente de lejos, avecinándose. La escopeta hace encogerse a la perra. La hace achicarse con cada estampido. La barca golpea contra el embarcadero; atada a él, meciéndose. El agua lame el casco de aluminio en forma de pequeñas palmadas. Truenos lejanos. Se ve la que se avecina.

Ella se me sienta al lado con un cuenco grande y blanco de melocotones en el regazo. Me llena el corazón de dicha. Su regazo y sus melocotones. La escopeta sigue retumbando entre los abedules. Crujen los arbolitos jóvenes. Alerces. Una mariposa negra brega contra el viento. La perra no les quita su único ojo bueno de encima a los colimbos. Zumaque rojo. Penachos indios. Shoshone. Arapaho. Alguien sigue disparando. A lo lejos. Deben de estar practicando para algo grande. Algo que se avecina.

Una piedra

Cuando cavé la fosa profunda
Para el cuerpo del padre de ella
En las arenas del glaciar
Me encontré con una piedra
En el fondo del todo
Completamente lisa
Y de un naranja intenso
Como un albaricoque caído

La saqué a la superficie
La tuve en el salpicadero durante millas
Traqueteando
Allá adonde fuera

Ella nunca supo de dónde venía
Nunca lo preguntó
Y tampoco se lo dije

Remordimientos de la cabeza

Me arrepiento de no haber abierto los ojos y haberle dejado que me viera por dentro, aunque solo fuera una vez. Ahora me arrepiento. Debería haber sido más generoso. Si se me volviera a presentar la oportunidad, quizás lo haría. ¿Qué demonios tenía que perder? Ya había perdido el cuerpo entero. ¿Qué me quedaba? Supongo que el miedo. ¿A qué? ¿A que me viera? Supongo. ¿Pero por qué? ¿Qué había en mí que pudiera ser tan terrible, tan imposible de contemplar? Dios sabe que lo había llevado dentro durante mi vida entera. Lo había llevado como a un fiel esclavo. Pero él era un hombre muy distinto a mí. Muy gentil. Amable. Se le notaba en los ojos. No tenía un asomo de mezquindad. Lo bastante amable como para pararse en mitad de su paseo dominical y recogerme al menos. Y llevarme durante un buen trecho. No tenía obligación de hacerlo. No estaba siguiendo órdenes. Lo hacía por la pura bondad de su corazón. Por la bondad de su corazón. Y el mío ya hacía tiempo que me había dejado. No quedaba nada de mí más que esta cabeza horripilante. Le debió de resultar verdaderamente aterrador. Dudo que nunca reuniera el valor necesario para contárselo a nadie. Para contar lo sucedido. ¿Quién demonios se creería una historia así? ¿Una cabeza en una zanja que habla, que suplica que la perdonen, que gime y lloriquea de autocompasión? Por lo menos esa parte se ha acabado. Se acabó el salir flotando a la superficie. Pero a veces me pregunto qué habrá sido de él. Mi último contacto con la tribu. Me pregunto si debió de volver con su mujer. Con la parienta. Con el amor de su vida. O si todavía estará deambulando por aquellos caminos, hurgando en el fondo de las zanjas; hablando con los árboles. Debería haberle dejado que me viera los ojos. Aunque fuera una sola vez. Eso le habría ayudado. Le habría traído algo de paz. Saber que estábamos completamente alejados el uno del otro. Que éramos extremos opuestos. Que no había ningún peligro de que acabara como yo. De que cayera al foso. Él estaba entero. Era yo quien estaba roto. Solo yo.

Indio, California

ESTOY FLOTANDO boca arriba en el cielo nocturno desnudo, con las luces de la piscina trazando franjas de ondas amarillas en la parte profunda. Contemplando la extensión enorme de estrellas del desierto mientras mi hijo intenta bucear hasta el fondo, expulsando todo el aire, como si pudiera convertirse en una roca negra. Pero no hay manera de que se hunda. No consigue hundirse, por mucho que lo intente. Es como un palo seco, con el pelo rubio flotando tras de sí, como si acabara de caer de este mismo cielo. Nos recuerdo a los dos tirándonos a la acequia del rancho donde vivimos. En mitad del verano. Con la temperatura acercándose a los cuarenta grados. Nos estábamos zambullendo en las aguas verdes y limosas para intentar rescatar una vieja balsa hundida. Salí a la superficie boqueando. Fue la primera indicación de que tenía un problema grave de corazón: la respiración desesperada. El dolor en la axila. La rigidez en el cuello. El pánico, aunque se lo escondí a mi hijo. Él siguió zambulléndose mientras yo llegaba a la orilla como podía y me quedaba boca abajo, escupiendo tierra.

Ahora el mundo despejado flota en las alturas. Casiopea formando un tres perfecto. El viento del desierto. Nosotros debajo. Lipitor. Zetia. Ramipril. Si estuviéramos en 1876, me moriría al instante.

Páramos de Wisconsin

«Tiene gracia que pueda brotar ese pequeño impulso, esa idea, y de pronto te veas aquí, caminando con raquetas de nieve por los páramos de Wisconsin en pleno invierno». Fue la idea que le vino a la cabeza en plena taquicardia, resollando, con la mirada clavada en las raquetas de nieve nuevas de color naranja brillante que se había comprado en un Fleet Farm. Había visto un par idéntico colgado en el porche de atrás de la casa de su cuñado, y era aquello lo que había promovido toda esta aventura. El verdadero acicate, por supuesto, había sido la experiencia del pequeño «cuasi» ataque al corazón que había sufrido en octubre en la Costa Oeste; ese había sido el verdadero catalizador: «un episodio así», «completamente imprevisto». Estaba tranquilamente comiendo sushi en la calle Sutter y al cabo de un momento se había desplomado al pie de la escalera de cristal del hotel, con los turistas pasándole al lado con sus maletas negras. Sin ninguno de los síntomas clásicos: ni el dolor oprimente en el pecho ni la punzada en el brazo izquierdo; solo falta de aire y la nuca completamente agarrotada. Le daba la sensación de que todavía no había asimilado todo el impacto del episodio. Tener precaución con los órganos invisibles era algo que no se le había ocurrido nunca. Uno solo se puede imaginar el corazón ahí dentro, palpitando en su jaula roja. Había visto las imágenes fantasmales de la tomografía después de la prueba de estrés no superada, pero no se parecían en nada a la imagen mental que tenía de un corazón, de *su* corazón. La desgarbada arteria anterior descendente izquierda danzando por toda la página como un dragón japonés en pleno combate, con dos constricciones muy visibles, finas como crines de caballo. Pero le resultaba casi imposible sentirse poseedor de un corazón enfermo. La idea que se le había ocurrido ahora era que necesitaba ponerse físicamente a prueba hasta el límite para saber exactamente dónde estaba ese límite. Había seguido todas las instrucciones del médico: no fumar, evitar los fritos y las situaciones de estrés (esto último parecía casi imposible, ya que la consciencia misma de su nuevo estado convertía todas las situaciones en amenazas potenciales). Ingería religiosamente su dosis diaria de cinco pastillas de colores: el anticoagulante, el reductor de colesterol, el ramipril, el Zetia y una aspirina de 325 miligramos con cápsula especial, y aquí estaba ahora, esforzándose deliberadamente por hacer ejercicio y elevar su ritmo cardiaco como un tarado del ejercicio aeróbico: el típico ciudadano responsable por el que antaño solía sentir un desprecio absoluto. No se podía creer su giro de 180 grados. Lo que era capaz de hacer un hombre cuando tenía una pistola apuntándole a la cabeza. ¿Cómo podía de pronto olvidarse de sus obsesiones más sagradas y abandonar aspectos enteros de su carácter que había dado por inmutables? Había sido un fumador empedernido de los que se tragan el humo hasta el fondo desde los doce años, cuando le mangaba las colillas de Chesterfield del cenicero a su padre. Aquel suvenir mellado de madera de teca y olor almizclado, tallado a mano en las Filipinas en forma de nativo con taparrabos en cuclillas que abrazaba gentilmente una cesta de mimbre con un pollo dentro. Formaba parte del botín que su padre se había traído de la Segunda Guerra Mundial en un macuto de lona y que después se había ido trasladando de una casa a otra a lo largo de su peripatética infancia. El cuenco negro de la talla siempre rebosaba de deliciosas colillas a medio fumar que él enderezaba meticulosamente y guardaba en una lata de café Yuban enterrada detrás del mandarino. De noche, en aquellas estribaciones azules, se acuclillaba en la misma postura que el pequeño nativo; escrutaba el ancho valle y seguía con la vista las luces serpenteantes de los coches que iban por la Ruta 66. Se dejaba marear por la nicotina y la imaginación. Al llegar a los dieciséis años ya era un adicto total y un firme creyente en la doctrina de que la hombría y el fumar eran sinónimos. No había nada que hiciera sin un cigarrillo entre los dedos o los dientes: cortar el césped, trabajar debajo de los coches, ensillar caballos e incluso morrearse con las chicas; el ubicuo cigarrillo se convirtió en un elemento escénico necesario. Ahora se las había apañado para dejarlo a pelo durante dos meses y medio. Todavía sentía que la lengua le anhelaba el escozor luminoso del humo.

Se acordó del médico de aspecto académico con pajarita roja que se había inclinado sobre él la mañana después de la implantación de la endoprótesis y le había dicho: «Ya lleva usted veinticuatro horas sin fumar un cigarrillo. ¿Por qué no aprovecha para dejarlo?». Recordaba haberse preguntado cuántas veces habría usado el médico aquella misma treta con otras víctimas: golpearlos cuando estaban en el suelo. A continuación, el médico le había retirado las sábanas hospitalarias de las piernas y él había visto los hematomas oscuros y nebulosos tiñéndose de un color verde horripilante a ambos lados de su entrepierna, donde le habían insertado el largo catéter para sondearle la arteria en busca de las zonas peligrosamente colapsadas. Recordó haber mirado a los ojos del cirujano mientras trabajaba. Siguiendo con la mirada la trayectoria del catéter por un monitor elevado mientras manipulaba con las manos su itinerario en una extraña coreografía de tecnología punta y coordinación humana pura y dura. La mañana después no sentía mucho dolor. Solo una vaga molestia como la que te queda cuando te pega una pelota de béisbol en la parte interior blanda del bíceps. Entró una enfermera extremadamente negra con su ropa de calle echada al hombro izquierdo. Recordaba haber visto a aquella mujer el día antes junto con otra que podría haber sido su gemela. Las dos se habían dedicado a acribillarlo a preguntas con voz cantarina mientras lo preparaban para la operación en una pequeña antesala cerrada con cortinas: «¿Dónde vives, cariño? ¿Dónde tienes a la familia? ¿Qué clase de trabajo haces?». No le veía sentido a ninguna de aquellas preguntas en mitad de la emergencia sanitaria en la que se encontraba, de forma que no dijo nada y les dedicó una sonrisa dócil, como si hubiera perdido temporalmente la cabeza. Les dio su permiso de conducir de Wisconsin y les dijo que podían sacar toda la información de allí. Era lo mejor que podía hacer en aquellas circunstancias. No se había traído nada consigo. Aquel episodio cardiaco lo había cogido completamente desprevenido. Se había subido a su Suburban blanco y había venido directo desde el centro de San Francisco, cruzando el Puente de la Bahía de Oakland, hasta la clínica, rezando a medias porque no le viniera un ataque al corazón en mitad del tráfico. Le parecía una forma terrible de morir. Le recordaba a aquella vieja canción de los Beatles en que alguien de la Cámara de los Lores se moría mientras esperaba en un semáforo. Le estaban pasando por la cabeza toda clase de idioteces, y le provocó un ataque de pánico la idea de que su mente no iba a acudir en auxilio de su cuerpo; que aquellos dos aspectos de sí mismo estaban, de hecho, completamente divorciados. Una de las enfermeras extremadamente negras le dedicó una sonrisa irónica y le dijo: «No te preocupes, cielo, nosotras seremos tu familia si no tienes otra». Aquello tuvo un extraño efecto tranquilizador. Después de desvestirse, de apañárselas para ponerse la bata hospitalaria azul abierta por detrás y de meter los pies fríos en las ridículas pantuflas de tela de toalla que le habían dado, las enfermeras lo acompañaron hasta una camilla metalizada que había al otro lado de las cortinas. Recordó que había experimentado cierta sensación de humillación al subirse a ella con el culo desnudo al aire y al tumbarse después boca arriba con las piernas escuálidas rematadas con las ridículas pantuflas. Se hicieron cargo de él entonces unos enfermeros hombres, ataviados con pijamas verdes, gorritos de ducha blancos, guantes finos de látex y los pies metidos en bolsitas de plástico. Tenían ese físico de los hombres de treinta y muchos años que levantan pesas con fervor como si los aterrara la idea de perder rápidamente la juventud. Le molestaba un poco que aquellas preocupaciones personales ajenas a su profesión médica los pudieran distraer del asunto entre manos; de que pudieran meter la pata fácilmente con algún detalle menor del procedimiento y eso resultara en su muerte o algo peor: que lo dejaran vegetal, conectado a una máquina. Intentó decirse a sí mismo con tranquilidad que nada de aquello importaba; que estaba en manos del destino. Su mente no lo quiso escuchar.

Lo llevaron en camilla hasta el quirófano y lo aparcaron debajo de un banco de potentes luces halógenas. Uno de ellos pisó un freno y probó a ver si la camilla echaba a rodar, pero se mantuvo firme en su sitio. Había varios monitores suspendidos del techo en ángulos distintos. Uno de los enfermeros de verde le explicó con voz serena e inexpresiva que le iba a introducir el pene y los testículos en una bolsa estéril por si acaso se producía micción involuntaria durante el procedimiento, para que en ese caso él pudiera sentirse libre de dejarse ir. Recordaba que había asentido con la cabeza, como dándole permiso al enfermero, y luego había sentido que alguien le cogía los órganos sexuales como quien coge ciruelas en una tienda de alimentación y las mete en una bolsa para pesarlas. Se preguntó cuántas veces por semana debía de repetir aquella misma operación el enfermero y luego se volvió a preguntar por sus ejercicios de musculación. La idea de mearse delante unos perfectos desconocidos lo inquietaba más que la posibilidad de que alguien cometiera un error terrible a la hora de guiar el catéter en su viaje por el largo y enrevesado sistema cardiovascular. Podía desprenderse fácilmente algún pedazo de placa e irle directa al corazón, o bien la arteria podía rechazar completamente la endoprótesis implantada y eso sería el final de todo, simple y llanamente. De todo.

«No me puedo creer que aquello fuera... ¿cuántos meses hace ya? Y aquí estoy ahora. Nieve. Hielo. Bajo cero. Quizás no sea la mejor idea seguir adelante con esto. No sabes realmente lo que estás haciendo, ¿verdad? Respirar el aire frío no puede irle muy bien a un corazón enfermo. ¿Y si te pasara algo? O sea, aquí, en mitad de la nada, ¿quién te iba a encontrar? Seguramente morirías de congelación si el corazón no te mataba de golpe. Tardarían días en encontrar tu pista. Ni siquiera le has dicho a nadie que estás aquí. Qué gran idea. Ahí te quedarías: tieso como una tabla, con las bestias salvajes olisqueando tu cadáver. Zorros. Tejones. Los búhos reales posándose en tu pecho en plena noche y sacándote los ojos. Alimañas cagándose encima de tu triste cuerpo, de lo que queda de él. ¿Y quién se iba a enterar? Te podrías pasar semanas antes de que te encontrara nadie». Siguió adelante; caminando pesadamente por la nieve helada, como si fuera un androide pre-programado. No tenía ningún plan real. No se estaba contando las pulsaciones, ni tampoco las millas recorridas, ni haciendo aquello de ninguna forma científica. Se limitaba a avanzar obstinadamente por entre los cedros y los pinos, confiando en no estar yendo en círculos como una triste rata perdida en el desierto. ¿Qué estaba intentando demostrar?, se preguntó a sí mismo, pero no encontró respuesta. Solo el latido de la sangre en su cabeza y la respiración entrecortada. «Ha sido una idea idiota», se puso a canturrear. «Menuda idiotez». Pero nada se detuvo en su cuerpo. Sus piernas siguieron bombeando y sus brazos meciéndose. Intentó regresar a la idea original: que quizás fuera posible encontrar el umbral real en que el cuerpo se había venido abajo. Pero en ese caso, ¿cómo sucedería exactamente? ¿Sería capaz de sentir las etapas iniciales de un ataque al corazón en toda regla por medio de alguna premonición misteriosa que no podía dar por sentado que poseyera, y de esa manera volver atrás y salvarse mediante un acto de voluntad pura que tampoco podía ver por ninguna parte? De hecho, de repente no había nada en su conducta que le pareciera deliberado. Era como si lo hubiera poseído una intención maníaca de provocar la calamidad y él le estuviera siguiendo la corriente. Siguió obstinadamente adelante, con el sudor cayéndole por las costillas y el interior de los muslos. Notaba como si le fuera a explotar la parte de atrás del cráneo. Había alguien a lo lejos haciendo prácticas con un rifle de largo alcance; sentía el retumbar sordo de sus descargas por el pecho, llegándole al corazón. Ahora el corazón parecía ser el centro absoluto del mundo entero. Como cuando nace un bebé en la familia y solo ves bebés en todas partes. O el hecho de morir, de alguien que muere en un hospital, pero aquello era una equivocación. El rifle volvió a retumbar en forma de ráfaga entrecortada. Su corazón pareció acompasarse con la descarga, repercutiéndole desde la base del cuello hasta ambas sienes. El aire estaba tan frío que, cada vez que parpadeaba, se le congelaba la humedad de los ojos y no los podía volver a abrir hasta que el hielo se rompía con una punzada. Se le estaban entumeciendo ambos pulgares a pesar de que se había puesto unos guantes de Thinsulate por encima de otros más finos de lana y luego se había enfundado ambas manos en unos mullidos mitones rojos. El rifle seguía resonando a intervalos regulares. Se preguntó quién podía estar lo bastante aburrido como para necesitar salir con aquel tiempo y ponerse a pegarle tiros a un pino. Aunque, en fin: ¿quién podía estar tan mal de la cabeza como para atarse unas raquetas a los pies y ponerse a patear los bosques helados fingiendo que tenía una misión?

Un avión de líneas esbeltas cincelaba en silencio su trayectoria por el cielo vacío. Él seguía desfilando por la tierra. Pensó en los pasajeros que estaban a seis mil metros de altura, rumbo a alguna parte; a algún lugar cálido y tropical. A México, quizás. La idea de México siempre le reconfortaba el corazón. Ya había vuelto a salir: el corazón. Ya aparecía otra vez. ¿Cuántos aspectos tenía? ¿Cómo podía algo tan animal fracturarse en tantas partes? Montezuma. Ríos de sangre manando por los salones. Altares resplandecientes a la Temida Dualidad. Un par de ojos monstruosos con piedras preciosas incrustadas, serpientes y lagartos con garras enroscados alrededor, collares de corazones de plata y, más abajo, goteando desde cadenas doradas, los mismos corazones humanos recién arrancados de los pechos sin pelo de adolescentes, arrancados con dagas de obsidiana con forma de águilas y perros. Las paredes y los suelos del oratorio se habían manchado tantas veces de sangre que se habían teñido de un intenso color de ébano, latiendo en el fondo de la jungla. Siguió desfilando por el hielo.

Cantos lejanos de locos

A VECES, tumbado y apoyado en la ventana medio abierta, le sobrevenía una calma enorme cuando escuchaba los cantos lejanos de los locos que farfullaban en las calles de debajo. Era incapaz de distinguir sus palabras exactas, pero las melodías se entretejían entre sí. Se fundían y se desligaban de otros ruidos, como por ejemplo las sirenas lejanas, los trenes y los televisores que balbuceaban las noticias desde las demás ventanas abiertas. Había cierta paz en la distancia, en la escucha en sí, en aquellas lamentaciones nostálgicas imposibles de contestar. Cierta paz de una modalidad que carecía de ambición, de plan y de motivaciones políticas. Una paz que era su propio fin.

Estas pastillas
La de color naranja
La azul
La amarilla
Las dos blancas
En la palma de tu mano
En fila sobre tu línea de la vida
Para prevenir eso que
Para retrasar
Para prolongar
Para mantener a raya
Eso que
Hasta el día en que caigas redondo
Y la familia empiece a telefonearse a sí misma
Empieza la red
Se ha vuelto a caer y se ha roto
Distintos huesos
No se acuerda de nada
Va sin rumbo por pueblos
Donde cree que tuvo un pasado
No hay forma de retenerlo en su habitación

Han llamado de Lubbock
De Personas Desaparecidas
No podía pronunciar su nombre
Dijo que sonaba como
Chambers pero gangoso
Por la mañana ya no estaba
Se había ido por la ventana
Sin dejar ni rastro
Sin huellas
De ninguna clase

Rogers, Arkansas
(Autopista 62)

El hombre llega por fin a orillas del lago con la cabeza cortada tambaleándose sobre la suya todo el tiempo. Se muere de ganas de deshacerse de ella. De escapar de toda esta situación. Del dolor lacerante que siente en la nuca. Del temblor en los hombros y manos. ¿Por qué tiene que soportar esa tortura? ¿Y para qué? Se queda ahí jadeando, contemplado a través de las aguas verdes y lisas las espadañas de la otra orilla. Una garza azul se pasea y por fin se queda petrificada sobre una pata; devolviendo la mirada con su ojo amarillo, escrutándolo todo.

—Aquí mismo —le dice la cabeza—. Aquí es perfecto. Aquí mismo.

—¿Qué quieres que haga? —pregunta el hombre con voz lastimera.

—Tírame al agua —dice la cabeza—. ¡Dame el pasaporte sin más! —El hombre se baja la cabeza hasta la cintura y se la queda mirando a la cara. Los ojos siguen fuertemente cerrados; fruncidos con el mismo rictus que debió de tener en su último momento antes de que descendiera la espada. El hombre siente el deseo repentino de ver los ojos abiertos de la cabeza, aunque sea un segundo. De poder ver a la persona que hay detrás de la voz. De poder averiguar algo, hacerse una pequeña idea de la naturaleza de la cabeza.

—¿Crees que podrías abrir los ojos para mí? ¿Solo un momento? —pregunta el hombre.

—No —dice la cabeza, sin dudarlo.

—¿Por qué? —pregunta el hombre.

—Porque no lo aguantarías —contesta la cabeza. El hombre arroja rápidamente la cabeza hacia arriba, sin saber por qué. Es como si su cuerpo entero hubiera reaccionado con una descarga eléctrica, deshaciéndose de algo venenoso. La garza echa a volar desde la otra orilla del lago, agitando las alas enormes a cámara lenta. La cabeza aterriza en mitad del agua verde y lisa, vuelve a salir flotando de inmediato a la superficie y empieza a trazar círculos estrechos como una pelota de voleibol tirada por la borda al mar abierto. El hombre ahoga una pequeña exclamación mientras mira cómo la cabeza rueda y gira por las ondas en expansión, alejándose cada vez más de la orilla. El hombre se mete en el agua con tres pasos rápidos, como si quisiera echar a nadar detrás de la cabeza y agarrarla por el pelo negro y rizado, pero se detiene en seco y se limita a verla alejarse flotando. La sombra de la garza azul pasa por encima del hombre, que no puede apartar la vista de la cabeza. Por fin esta se hunde y ya no vuelve a emerger. Se hunde sin más. El hombre mira con intensidad en busca de indicios de su reaparición, pero el agua verde restablece lentamente su quietud. Se alisa y se allana. Una tortuga pintada asoma el morro amarillo sobre un nenúfar. El hombre se queda esperando un rato muy largo, hundido en el agua hasta las rodillas, en busca de indicios de la cabeza, pero no aparece nada. Por fin el hombre da la espalda al lago y regresa vadeando a la orilla. Se queda allí un momento goteando, sin atreverse a darse la vuelta. Oye el murmullo lejano de la autopista. Las campanadas de la iglesia. Ve el punto gris que es la garza, alejándose. Abre la boca, pero no le sale nada. Ninguna expresión de ninguna clase.

Gracias

¿Qué pueblo era aquel donde nos pasamos varias horas conduciendo, serpenteando por entre colinas y más colinas de olivares que se extendían como pequeños océanos, hasta que llegamos a una pensión alta y gris con una iglesia antigua justo delante, y había canarios cantando en todas las ventanas y balcones, y viejitas rechonchas con vestidos negros hasta los tobillos renqueando por la calle, y recuerdo que nosotros dos caminábamos cogidos de la mano con nuestros hijos, hablando de vivir en algún lugar idílico como aquel, algún lugar suspendido en el tiempo, y luego a todos nos hizo pararnos un pianista que estaba ensayando un encantador y cadencioso vals frente a una ventana con barrotes de hierro en un callejón angosto, y nos quedamos allí parados, en trance, y al terminarse aplaudimos desde la calle al intérprete invisible, y, procedente de algún lugar muy adentro de las gruesas paredes estucadas, nos llegó una voz de mujer, muy, muy flojita, que nos dijo «gracias», y seguimos nuestro camino.

Fue uno de esos días que recuerdo.

Mi más profundo agradecimiento a:

Rudy Wurlitzer
Michael Almereyda
Judy Boals
LuAnn Walther
Phil Gerow
Hal Jennings
Val Kilmer
Larry Shainberg
Rosemary Quinn
Patti
y Jessica

Se ha vuelto a imprimir El cómputo de los días
en el otoño de 2024, apertura
de puertas a las dádivas
celestes.